KB078340

MLB
메이저리그

MLB-메이저리그 13

말리브해적 장편소설

초판 1쇄 찍은 날 § 2016년 6월 24일
초판 1쇄 펴낸 날 § 2016년 7월 1일

지은이 § 말리브해적
펴낸이 § 서경석

편집책임 § 고승진
디자인 § 신현아

펴낸곳 § 도서출판 청어람
등록번호 § 제387-1999-000006호
등록일자 § 1999. 5. 31
어람번호 § 제1-2468호

주소 § 경기도 부천시 원미구 부일로 483번길 40 서경B/D 3F (우) 14640
전화 § 032-656-4452 팩스 § 032-656-4453
http://www.chungeoram.com
E-mail § chungeorambook@daum.net

FUSION FANTASTIC STORY

말리브해적 장편소설

13

KANG
62

MLB
메이저리그

도서출판
청어람

Contents

1. 퍼펙트게임

빅토르 영은 타자 앞에서 급격하게 변하는 호세 노바의 공
을 보며 침착하게 기다렸다. 정규시즌이라면 이미 배트를 휘
둘렀을 것이다.

호세 노바는 원래 브레이킹 볼로 스트라이크를 잡는 투수
라서 빅토르 영은 끝까지 기다렸다. 선두 타자라 어차피 2스
트라이크까지는 과감한 공격을 할 생각이 없었다. 한가운데
로 공이 들어오는 것이 아니면 배트를 휘두를 생각이 아예 없
었다.

펑.

"볼."

투수들이 초구는 스트라이크를 잡기 위해 가장 자신 있는 볼을 던진다. 그래서 가장 제구가 잘되는 직구를 던지는 경향이 있다. 물론 그 공이 강속구일 때의 이야기다.

빅토르 영은 고개를 갸웃거렸다. 뭔가 이상했던 것이다.

'직구가 문제가 있나?'

95마일의 공을 쉽게 던지는 투수가 첫 공을 유인구를 던지는 것이 이상했다. 하지만 단정하기에는 아직 일렀다.

'한 번 더 보지, 뭐.'

다시 공이 날아와 미트에 박혔다.

펑.

"스트라이크."

빠른 직구였지만 생각보다 빨라 보이지 않아 빅토르 영은 전광판을 바라보았다.

92마일이었다.

'힘이 떨어진 것인가?'

강속구 투수의 약점은 힘이 떨어지면 구위가 급격히 약해진다는 것이다.

강속구로 상대를 윽박지른 다음 유인구로 결정구로 삼으면 어지간한 타자들은 거기에 다 속는다. 하지만 강속구가 힘을 잃으면? 그러면 그 투수의 공은 공략하기가 쉬워진다. 한 시즌 내내 불같은 공을 던졌다면, 아니, 어깨에 문제가 생겼다면 충분히 힘이 떨어질 수 있다고 빅토르 영은 생각했다.

2개의 공이 더 날아왔다. 하나는 스트라이크였고 다른 하나는 볼이었다.

2스트라이크 2볼.

빅토르 영은 자리에 서서 스파이크로 땅을 팠다. 습관적으로 몸을 지탱하는 발의 축을 강하게 하기 위한 행동이었다.

역동적인 특유의 투구 폼으로 호세 노바가 공을 던졌다. 빅토르 영은 날아오는 공을 노려보며 배트를 날카롭게 휘둘렀다.

딱.

공이 빠르게 날아갔다. 총알 같은 타구를 몸을 날려 잡은 요한 지터가 논스톱으로 1루에 던졌다. 바운드되었던 것이라 굉장히 어려웠던 공인데도 그는 아주 쉽게 잡았다. 역시 최고의 유격수다웠다.

1아웃.

더그아웃에서 삼열은 호세 노바의 공을 보며 생각에 잠겼다. 정교한 타격을 하는 타자들도 상대하기가 까다로운 투수였다.

"잘했어!"

"빅토르 영, 잘했어."

더그아웃 안으로 들어오는 그를 향해 선수들이 격려의 말을 건넸다. 빅토르 영은 해맑게 웃으며 삼열의 옆에 앉았다.

"타석에서 보니 어때?"

삼열이 묻자 빅토르 영이 겸연쩍은 미소를 지으며 대답했다.

"좀 애매해. 구위가 아주 좋다고 말하기도 그렇고 아니라고 하기도 그런 구위야."

"흠~ 힘들겠군."

어떤 면에서는 이런 구위가 실제로 상대하기 힘들 수도 있다. 투수의 공이 만만하게 보이면 그만큼 타자들의 배트가 쉽게 돌아가기 때문이다.

1944년 찰스헨리 바렛은 메이저리그에서 최소 투구 수 완봉승을 이루었는데, 그가 던진 공은 불과 58개에 불과했다.

경기 시간도 1시간 15분.

9이닝 동안에 58개의 공을 던졌으므로 그가 한 타자당 던진 공은 불과 2개 정도다. 이런 전무후무한 결과가 나올 수 있을 수 있었던 것은 바렛이 특급 투수가 아니었기 때문이다.

레드 바렛이라는 별명을 가진 그는 원래 진지한 투수가 아니었다. 농담과 기행으로 유명했고 동료 선수들과 아주 잘 노는 선수였다.

그런 그가 보스턴 브레이브스로 이적되었는데, 신시네티 레즈의 선수들은 레드 버렛을 익살스러운 행동을 하는 옛 동료라는 기억을 가지고 있어 쉽게 배트를 휘두른 것이다. 그는 이 경기에서 2:0으로 승리투수가 되었다.

만약 그가 정상급 투수였고 타자들이 긴장하고 스윙했다면 결코 58개의 공으로 완봉승을 거두지 못했을 것이다.

삼열의 경우는 구위가 너무 좋아 기다리면 삼진을 당한다는 압박감에 의해 타격을 빨리하는 것이라면, 호세 노바와 같은 투수는 말 그대로 만만하게 보이니까 쉽게 배트를 휘두르는 것이다.

타자에게는 이것이 더 위험하다.

사실 빅토르 영이 호세 노바의 공을 애매하다고 말한 것은 그의 실력이 늘었기 때문이다. 그는 최근 몇 년 동안 삼열과 로버트를 따라 엄청난 연습량을 소화했기에 이전과 비교하면 실력이 많이 늘었다. 이제 그는 메이저리그 최고의 1번 타자로 조금씩 사람들에게 언급되고 있다.

스트롱 케인이 4구 끝에 외야로 깊은 타구를 날렸지만 빌 네빌이 몸을 날려 아슬아슬하게 공을 잡아냈다.

3번 타자 하재영은 타석에 들어섰다. 그가 들어서자 리글리 필드가 큰 함성을 질렀다. 2차전 경기에서 2개의 홈런을 때린 것을 팬들이 기억한 것이다.

하재영은 팬들의 함성에 힘이 났다. 배트에 저절로 힘이 들어갔다. 호세 노바는 하재영이 들어서자 위축된 표정을 지었다. 비록 단기전에서 보인 그의 활약이지만 그의 홈런 2방으로 2차전이 결정 났기 때문이다. 조심해서 나쁠 것은 없다.

펑.

"볼."

역시나 초구는 유인구였다.

하재영은 자신감 있는 모습으로 배트를 좌우로 한번 흔들고 멈췄다. 그러자 호세 노바의 공이 다시 날아왔다.

딱.

3루 쪽 라인을 타고 공이 날아갔다. 좌익수가 따라갔지만 깊은 안타에 2루까지 진출할 수 있었다.

4번 타자는 존리. 컵스의 가장 위협적인 타자가 바로 존리 말코비치다.

알버트 푸홀스, 버스터 포지, 프린스 필더와 자주 비교되는 선수가 바로 존리다. 싸가지가 없어서 그렇지 실력으로만 본다면 당연히 최고의 선수다. 사실 호세 노바는 하재영에게 도망가는 피칭을 해서는 안 되었다. 뒤에 존리 말코비치가 있기 때문이다. 올해 그는 35개의 홈런을 때렸다.

"워, 존리! 평상시 너의 거만함만큼이나 실력 발휘를 하라고!"

"저 녀석이 평상시도 잘난 체하는 값은 하지 않았나요?"

"그렇긴 하지만 포스트시즌에 와서 좀 주춤했잖아. 저기 저 친구하고 비슷해."

이제 후보가 되어버린 레리 핀처가 3루에 있는 A.로드만을 손짓으로 가리켰다.

"그 정도는 아닌 것 같은데요. 그래도 저 녀석 타율은 괜찮은 것 같았는데요."

"그러면 뭐 하나? 영양가가 하나도 없었는데."

"크흠, 그렇긴 하죠."

삼열과 레리 핀처가 잡담을 하는데 '딱' 하는 소리가 들렸다. 고개를 돌리자 공이 담장을 넘어가고 있었다.

"홈런이야!"

"와아!"

1회 2점 홈런을 친 존리가 특유의 거만한 표정을 지으며 천천히 달리고 있었다.

"아! 저 녀석, 우리가 씹고 있으니 홈런을 쳤네. 계속 씹어야겠군요."

삼열의 말에 레리 핀처가 웃었다. 존리가 더그아웃으로 들어오자 모두 일어나 그의 홈런을 축하해 줬다. 마운드에서는 호세 노바가 망연한 표정을 짓고 서 있었다.

어느 누구도 오늘같이 중요한 경기에서 홈런을 맞으면 저런 표정을 지을 수밖에 없을 것이다. 그것도 바로 1회에 실점을 하면 말이다.

1회에 2실점을 하자 조 알렉산더 감독은 낙심했다. 상대 투수가 바로 삼열이었기 때문이다. 그가 1회 초에 던진 공의 최고 구속이 107마일이다. 그런 투수를 상대로 2점 이상을 뽑기란 절대로 쉽지 않다.

강속구를 가진 투수는 일반적으로 제구력이 좋지 않은 경향이 있는데 삼열의 제구력은 메이저리그 최고였다.

저절로 한숨이 나오는 것을 억지로 참으며 조 알렉산더 감독은 더그아웃에 있는 삼열을 바라보았다.

'이제 FA가 1년 남았지?'

그는 엉망으로 변한 양키스의 마운드를 바라보았다.

양키스의 전통, 양키스의 문화, 양키스다움을 실천하다 보니 어느덧 쟁쟁했던 선수들은 나이를 먹어가기 시작했다. 그동안 양키스는 너무 장기계약을 남발했다. A.로드만, JJ.버킨, 마크 바이런 등 이 모두가 메이저리그 연봉 순위가 1, 4, 5위다. 게다가 이들 모두 장기계약이고.

그는 삼열이 탐이 났다. 당분간 연봉이 부담스럽다고 할지라도 나이가 든 고액연봉 선수들의 은퇴 시기도 얼마 남지 않았다. 그래서 더 욕심이 났다.

'흐음, 누가 저 선수의 공을 치겠는가!'

조 알렉산더 감독은 올해 27승 2패의 경이적인 성적을 거둔 삼열을 바라보았다. 게다가 그의 올해 나이는 26살밖에 되지 않았다. 10년 계약을 한다고 하더라도 남는 장사였다.

5번 타자가 내야 땅볼로 아웃되면서 공수가 교체되었다. 삼열은 천천히 벤치에서 일어나 마운드로 걸어 나갔다. 관중들이 추운지 몸을 웅크리고 있다가 삼열을 보고는 큰 함성을 질렀다.

삼열은 딸을 담요로 덮어주는 부부의 모습을 보자 집에 있는 마리아와 줄리아가 생각이 났다.

"설마 안 나왔겠지?"

삼열은 절대 집에 있으라고 마리아에게 말했다. 시합 시간이 다 되어갔을 때 집에 전화를 해보니 그때까지는 집에 있었다. 깡충깡충 뛰는 딸을 생각하니 입가에 저절로 미소가 번졌다.

'이번에는 마리아 당신을 위해 던지는 거야.'

삼열은 다시 한 번 마음 다짐을 하자 힘이 났다. 불같은 강속구가 손끝을 통해 튀어나왔다.

그는 항상 자신의 재능을 감추었다. 인간보다 더 뛰어난 능력은 질시의 대상이 될 수 있을 뿐만 아니라 아끼지 않은 몸은 아무리 성능이 좋아도 언제 고장이 날지 모르기 때문이다.

100마일에서 105마일의 직구가 형성되자 양키스의 타자들은 삼열의 공을 손도 대지 못하였다. 노련한 경험이 있는 양키스 타자들이지만 그들은 노쇠하였다. 삼열의 빠른 공을 도저히 받아칠 순발력이 남아 있지 않았다.

A.로드만을 삼진, 마크 바이런을 내야 땅볼로 아웃, 빌 네빌을 삼진으로 처리했다. 특히 스위치 타자인 바이런과 빌 네빌에게 모두 스크루볼을 던졌다.

리글리필드는 삼열의 마구에 광기 어린 함성으로 화답했다. 컵스의 팬들은 이 역사적인 경기에 스크루볼이 나타나자 말할 수 없는 감동과 흥분에 빠져들었다. 두 번째 나타난 스크루볼이지만 리글리필드에서는 첫 번째였다.

원래 이런 경기를 집에서 TV를 시청하면서 보면 맹숭맹숭하지만 현장에서 직접 보면 심장이 벌렁벌렁하는 흥분을 경험하게 된다. 군중들이 쉽게 가지는 군중심리 덕분이다.

―삼열 선수 오늘도 스크루볼을 던졌군요. 굉장히 위력적이네요. 왜 악마의 공이라고 일컬어지는지 알겠습니다. 저는 그동안 서클 체인지업의 역회전볼을 위력적인 것으로 보았는데요, 하하. 삼열 선수가 스크루볼을 던지니 비교가 안 되는군요. 그리고 보니 삼열 선수도 서클 체인지업을 던질 줄 아는

데 이런 차이 때문에 마구 스크루볼을 익힌 것이 아닐까 합니다.

　―사실 서클체인지업도 치기 힘들지 않습니까?

　―그렇지요. 강속구를 가진 삼열 선수가 던지는 서클체인지업은 굉장히 위력적이죠. 배팅 포인트가 앞에 있는데 한참 뒤에 공이 들어오면 속수무책이지요.

　―양키스가 컵스에게 이렇게 농락당할 것이라고 누가 생각했겠습니까? 이변입니다, 이변이에요.

　―야구는 기록의 스포츠입니다. 올해 양키스는 95승 67패로 승률이 0.586입니다. 반면 컵스는 88승 74패로 승률은 0.543이죠. 정규시즌에 양키스가 컵스보다 무려 7승이나 더 승리를 더 얻었지만 포스트시즌에 오면서 사정이 달라졌습니다. 양키스는 챔피언십시리즈에서 4승 3패로 월드시리즈에 올라왔지만 컵스는 4승 전승으로 올라왔지요. 이는 컵스가 아직 선수진들이 다 구성되지 않아 막판에는 승리를 포기하고 후보선수들을 내보냈기 때문이었어요. 아무래도 양키스나 레드삭스만큼 뛰어난 선수나 후보 선수들을 가지고 있지 못한 컵스로서는 어쩔 수 없는 선택이었죠. 올해 컵스가 포스트시즌에서 펄펄 나는 것은 전략의 승리다, 라고 말할 수 있겠습니다.

　―흐음, 그렇군요. 그럼 저희는 잠시 후에 돌아오겠습니다.

장영필 아나운서와 송재진 해설위원은 헤드폰을 벗고 나직하게 한숨을 내쉬었다.

"와아, 선배님. 삼열이 오늘 진짜 쩌네요, 쩔어요."

"난놈이지. 그는 이제 영웅이야!"

송재진은 장영필의 말을 들으면서도 계속 자료를 찾았다. 좋은 해설은 항상 정확한 자료가 바탕이 되어야 하기에 쉬는 시간에도 그는 자료를 소홀히 할 수 없었다.

"선배님, 오늘은 삼열이 부인과 딸이 안 보이네요."

"그러고 보니 그러네. 날씨가 추워서 그런가?"

날씨가 추워 집에서 경기를 시청하는 것 같았다. 사실 경기 중간중간에 삼열의 부인과 딸이 화면에 비치면 시청자들도 좋아하고 자신들도 기분이 좋아지곤 하였다. 아름다운 모녀라는 것도 있지만 밝은 표정을 짓는 그녀들을 보면 기분이 좋아지기 때문이다. 행복한 미소를 짓는 사람을 보면 보는 사람도 덩달아 기분이 좋아지는 법이다.

경기가 계속 진행되었다. 호세 노바는 2회 말을 무실점으로 막아냈고 삼열은 3회 초에 공 6개로 양키스의 타자들을 막아냈다.

3회 말.

삼열은 몸에 보호 장비를 착용한 후 배트를 들고 스윙 연습을 했다. 사실 그의 강인한 육체는 이런 보호 장비가 별로 필요 없을 정도로 튼튼하지만 크게 아팠던 경험이 있는 삼열은 귀찮음을 감수하고 항상 착용해 왔다.

삼열이 타석에 들어서자 응원과 함성이 뒤섞인 채 리글리 필드가 들썩였다. 사람들은 영웅을 보고 싶어 한다. 아니, 기적을 보고 싶은 것이다. 그리고 그 누구라도 기적을 가져다 줄 선수에게 영웅이라고 부를 준비를 하며 응원을 하였다.

우승을 한 번도 못 해본 사람들은 남들이 볼 때 왜 저러나 할 정도로 이상하게 보일지는 몰라도 당사자들은 전혀 그렇지 않다.

그들은 이해할 수 없을 정도로 갈망하고 소망한다. 단 한 번도 못 해보았기에 그 누구보다도 간절히 원하는 것이다. 그들에게는 단순한 야구에서의 우승이 아닌 인생의 승리와도 같은 것이다.

자신이 사랑하는 팀이 100년 만에 우승하는 것은 단지 컵스만의 문제가 아니라 자신의 문제이기도 한 것이다. 팬이라는 것이 그렇다. 자신이 응원하는 팀의 승리가 자신의 승리가 된다. 그게 팬이다.

일체화.

팀과 팬은 하나가 되는 것이다. 오늘 그 어떤 때보다 컵스와 팬들은 이런 일체화가 잘 이루어지고 있었다.

리글리필드에 울려 퍼지는 파워 업 송은 단순한 응원가가 아니라 100년을 참고 기다린 컵스의 팬들의 열망이었다.

삼열은 팬들의 응원 소리를 들으며 마음이 울컥해졌다. 반드시 저 사람들을 위해서라도 우승하고 싶었다. 그리고 오늘은 마리아를 위해 이기기로 한 날이다.

삼열은 날아오는 공을 유심히 바라보았다. 누구보다 뛰어난 그의 시력은 공의 궤적을 정확히 따라갔다.

펑.

"볼."

공이 타자의 앞에서 땅으로 급하게 떨어진 것이다. 스트라이크존을 통과하지 못한 이런 공들은 타자가 스윙하지 않으면 자연 볼 판정이 날 수밖에 없다.

'와라! 난 지금 누구보다 더 간절히 원한다. 나는 앞으로 나갈 것이고, 또 이길 것이다.'

삼열이 마음속으로 결심을 하자마자 공이 날아왔다.

펑.

"스트라이크."

이번 공은 낮은 직구였다. 삼열은 아직 카운트에 여유가 있어 배트를 휘두르지 않았다.

그가 원하는 것은 단순한 안타가 아니라 상대 투수가 놀랄 만한 공을 치는 것이다.

지난 경기에서 그는 타자로 나섰을 때 상대 투수가 21개의 공을 던졌다. 오늘도 미안하지만 많은 공을 던지게 할 생각이었다.

삼열은 좋은 공을 기다리고 또 기다리며 커트를 했다.

호세 노바는 11개의 공을 던졌을 때 갑자기 화가 났다. 말할 수 없는 짜증과 화가 나 공을 그냥 힘껏 던졌다.

삼열은 상대 투수의 표정이 좋지 못한 것을 보고 감이 좋지 않았다. 나쁜 일에는 감이 이상하리만치 정확히 맞는 경우가 많았다. 위기의식의 발로였다. 그래서 유난히 배트에서 힘을 뺐다. 커트는 힘껏 할 필요도 없다.

그렇게 힘을 들여 치면 파울플라이가 될 확률이 높다. 그냥 툭툭 가볍게 치는 공들이 땅볼이 될 확률이 높고 그런 공은 아웃이 되지 않는다.

삼열은 뒤로 빠르게 물러났다. 그러자 공이 휙 하고 지나갔다. 타격할 마음이 강하지 않았기에 무사히 피할 수 있었던 것이다.

'네가 도발을 해온다는 거지?'

삼열은 가늘게 뜨고 상대 투수를 노려보았다. 도전해 온다면 피하지 않는 것이 그의 성품이다. 이런 성격 때문에 삼열이 악동이라고 불리어졌다. 그것은 고등학교 야구에서도 마찬가지였다. 메이저리그라고 얌전하게 나갈 생각이 없었다.

호세 노바가 공을 던지면 삼열은 가볍게 공을 커트했다. 2 스트라이크 3볼.

호세 노바는 벌써 17개의 공을 던지고 있었다.

'젠장, 빌어먹을!'

화가 나서 미치고 팔짝 뛸 것 같았다. 하지만 어떻게 할 방법이 없었다. 아까는 성질을 이기지 못하고 의도적으로 몸에 맞히는 공을 던지려고 했다. 정신을 차리고 나서야 자신이 무슨 짓을 했는지 깨달았다.

해서는 절대 안 되는 짓을 저지를 뻔했다. 다행히 상대 타자가 빠르게 피했기 망정이지 얼굴이 화끈 달아오를 정도로 부끄러웠다. 그렇다고 고의 사구를 던질 수도 없다. 그렇게 하면 양키스가 위험해진다.

삼열은 2차전 경기에서 연거푸 도루에 성공하고 내야땅볼에 홈으로 들어왔다. 발만 빠르지 않다면 벌써 고의 사구로 보냈을 것인데, 어쩔 도리가 없다.

그는 마음을 추스르며 공을 던졌다.

호세 노바가 자신의 잘못을 반성하고 있는 사이 삼열은 속으로 이를 갈았다.

'감히 내게 고의로 그런 볼을 던져?'

삼열은 솔직히 더 점수를 얻을 생각이 별로 없었다. 이미

2 : 0로 이기고 있는데 이 정도면 충분한 점수라고 생각했다. 그래서 천천히 할 생각이었다. 그런데 도전해 오는 자가 있다면 그것이 누구든 용서할 수 없다.

삼열은 가운데로 오는 공을 보며 배트를 짧게 쥐고 휘둘렀다.

딱.

공이 빨랫줄과 같이 일직선으로 날아갔다. 사람들이 공이 날아가는 방향을 보고 '어어' 하고 놀랐다. 그리고 '퍽!' 하는 소리와 함께 호세 노바가 마운드에서 쓰러졌다.

삼열은 1루로 달리다가 호세 노바가 쓰러진 것을 보고 놀란 표정을 지으며 그 자리에서 멈췄다. 2루수 카노가 호세 노바의 몸에 맞아 굴러간 공을 잡아 1루로 던졌다.

아웃!

충분히 살 수 있었지만 삼열은 아웃을 선택했다. 사실 그도 놀라기는 마찬가지였다. 노리고 쳤지만 설마 상대 투수가 그대로 맞을 줄은 몰랐던 것이다.

'새끼, 어쩐지 투구 폼이 너무 다이내믹하다고 했더니.'

의도적으로 짧게 당겨서 빨라도 그다지 위력은 없는 타구라 삼열은 상대 투수에 대해 크게 걱정하지는 않았다. 하지만 그를 보니 상당히 아픈 모양이었다.

호세 노바는 공을 던지고 잠시 공을 던진 자세를 그대로 유지하고 있었는데, 이런 그의 투구 동작 때문에 릴리스 포인트가 안정적이었지만 수비할 때에는 상당히 불리했다.

관중석에서 안타까운 비명과 탄식이 나왔고 의료진들이 마운드로 뛰어갔다.

양키스의 내야진들은 호세 노바를 걱정하고 몰려왔다. 한참 후에 호세 노바가 일어나 관중들의 박수를 받았다. 하지만 그는 더 이상 공을 던지지 못하고 마운드에서 내려갔다.

우완투수인 그는 다행히 왼쪽 어깨를 맞아 투구하는 데에는 문제는 없지만 투구를 하기 위해 움직일 때마다 왼쪽 어깨가 끊어질 것처럼 아팠기 때문이다.

불펜에서 나온 선수는 잭 피터슨였다. 양키스의 불펜은 호세 노바가 부상을 당하자마자 즉시 가동되었다. 모두가 걱정과 염려로 마운드에 집중할 때 양키스의 불펜은 빠르게 움직였던 것이다. 메이저리그 최고의 팀다운 대처였다.

잭 피터슨은 올해 65경기에 나와 2승 7패, 방어율 2.67을 얻었다. 승리보다는 패전이 많았지만 자책점을 고려한다면 굉장히 좋았다. 또 잘생긴 얼굴로 여성 팬들에게 인기가 많았다.

그런데 그의 투구 폼은 극단적으로 릴리스 포인트가 앞에 있었다. 그는 다른 투수들보다 30㎝ 정도 더 앞으로 팔을 끌고 와 공을 던지기에 타자들에게는 공의 위력이 더 크게 느껴진다.

삼열은 더그아웃에서 벤치의 등받이에 기대어 잭 피터슨을 바라보았다. 180㎝의 키는 투수로서 작은 편이라 투구 폼이 아주 극단적이었다.

'워, 대단하네. 저러다 부상을 당하는 것 아닌지 모르겠네.'

삼열도 저렇게 공을 던지면 투수에게 아주 유리할 줄은 알고 있었다. 하지만 저렇게 하고 싶다고 아무나 되는 것은 아니었다.

사람마다 신체의 구조와 특성이 다르고 유연성도 차이가 난다. 좋은 것 같아 무턱대고 따라서 하다가는 부상입기 딱 좋다.

예를 들면 랜디 존슨은 특이한 상체를 가지고 있어 하체에 의존하는 투구를 하지 않고서도 위력적인 공을 던질 수 있었다. 그러나 다른 투수들이 그를 따라 하다가는 허리가 부러지고 만다.

마찬가지로 저런 경우는 하체가 굉장히 강해야 하고 허리의 유연성도 엄청나게 좋아야 한다. 극단적으로 앞으로 쏠리는 상체의 무게를 허리와 다리가 감당하지 못하면 부상으로 이어지기 때문이다.

삼열은 특이한 선수라고 생각하며 그가 투구하는 것을 지켜보았다. 한때 그는 마리아노 리베라보다 방어율이 좋았던 때도 있었다. 빠른 직구와 투심, 체인지업이 매우 뛰어났다.

"괜찮아?"

벽 쇼가 삼열의 옆에 앉아 조금 전에 무리한 경기를 한 삼열에게 걱정되는 듯 물어왔다.

"물론 괜찮고말고."

"왜 뛰다 말았어?"

"그냥… 그대로 뛰다가 1루에 살아나가면 쪽팔리잖아."

"흐음, 그래……?"

벽 쇼는 이 경기는 월드시리즈야 하고 말하는 표정이었지만 그렇다고 직접 말로 표현하지는 않았다. 삼열은 벽 쇼의 말처럼 살아서 1루에 진루할 수 있었지만 포기하고 아웃되는 것을 선택했다.

도전에 응전해 주었다. 그것이면 되었다.

박빙의 승부도 아니고 이미 2점이나 이기고 있는데 모양 빠지게 쪽팔리고 싶지는 않았다. 1루로 살아나갔으면 또 말들이 많을 것이다.

고의냐 아니냐를 시작으로 사람들의 입에 오르내릴 것이 싫었다. 놀란 모습을 보여줌으로 자신의 행동이 고의가 아니었다는 것을 알림으로 완전범죄를 도모했다.

삼열이 아웃되자 고의성 여부에 대해 신경 쓰는 사람은 없었다.

사실 삼열이 배팅볼을 때린 것도 아니었고 정상급 투수의 공을 자신의 마음대로 원하는 곳으로 타구를 보낼 수는 없다. 타자는 투수와의 머리싸움을 하는 것만으로도 머리가 아프기 때문이다.

삼열은 고개를 숙이고 피식 웃었다. 어린아이 치기 같은 복수를 했지만 그대로 당하면 다른 선수들이 우습게 볼 확률이 높았다. 그렇게 되면 어렵게 만든 악동의 이미지가 날아갈 수 있다.

삼열은 악동의 이미지가 좋았다. 악동의 이미지가 있는 한 삼열은 자유롭게 야구를 할 수 있다. 이런 도전을 참으면 악동이 아니다.

잭 피터슨은 빅토르 영을 5구 끝에 삼진을 잡았다. 그는 역시 뛰어난 투수였다. 송곳 같은 제구와 뛰어난 구위에 빅토르 영이 제대로 타격 타이밍을 잡지 못한 것이다.

양키스의 선발진들은 문제가 많지만 불펜투수들만큼은 역대 최강이라고 할 정도로 좋았다. 양키스가 올해 월드시리즈에 올라올 수 있었던 이유 중 하나가 이 중간 계투 요원들 때문이라는 말이 있을 정도였다.

2번 타자마저 외야 플라이로 아웃되자 삼열은 천천히 벤치에서 일어나 마운드로 향했다.

삼열은 마운드에 서서 편안하게 미소를 지었다. 바람이 불고 관중들의 함성이 귓가를 얼얼하게 만들었다. 이 모든 것이 좋았다.

추운 날씨임에도 삼열의 어깨는 조금도 식지 않았다. 누구보다도 이런 외부적인 악조건에는 강한 것이 삼열의 육체였다.

펑.

"스트라이크."

위력적인 공이 폭포수처럼 위에서 아래로 떨어져 내렸다. 양키스 타자들은 삼열이 던진 공에 삼진을 당하거나 내야땅볼로 물러났다.

묵묵히 그 모습을 보고 있는 조 알렉산더 감독은 삼열의 그림 같은 투구 폼에 빠져들고 말았다. 물이 흐르듯 자연스러운 투구 폼이었고 아무리 찾아봐도 조금의 군더더기도 없었다.

'왜 사람들이 저 녀석을 보고 그렉 매덕스라고 하는지 이제야 비로소 알겠군.'

처음 그가 이 말을 들었을 때 웃었다.

메이저리그 최고의 강속구 투수에게 무슨 제구력의 마술사라는 명예를 갖다 붙이느냐 하고 반문하였지만, 이제 보니 그 이야기가 그 이야기가 아니었다.

삼열의 투구 동작은 매덕스만큼이나 부드럽고 자연스러웠

다. 아주 자연스러워 힘이 하나도 들지 않을 것만 같은 그런 투구 폼이었다.

그러다가 6회가 넘어가면서 조 알렉산더 감독은 뭔가 잘못 돌아간다는 것을 깨달았다. 6회 초가 끝났음에도 삼열은 단 하나의 볼넷과 안타도 허용하지 않고 있었다. 갑자기 입맛이 썼다. 침이 말랐다.

월드시리즈에서 퍼펙트게임이라니!

'젠장, 빌어먹을!'

양키스를 상대로 퍼펙트게임을 한다는 말인가, 하고 생각하니 조 알렉산더 감독은 갑자기 화가 났다. 1956년 뉴욕 양키스와 부루클린 다저스와의 경기에서 단 라슨이 최초의 월드시리즈 퍼펙트게임을 달성했다.

24번의 퍼펙트게임 중 월드시리즈 퍼펙트게임은 그것 하나뿐이었다. 6회까지 100마일의 공을 뿌려대는 삼열의 공에 양키스의 타자들이 맥을 못 췄다.

'젠장, 빌어먹을!'

월드시리즈에 올라 패배하는 것도 서러운데 퍼펙트게임으로 진다면 그것만큼 큰 망신이 없었다. 다른 구단도 아닌 양키스가 그런 수모를 당한다는 것은 상상할 수도 없다.

하지만 감독은 선수들에게 작전을 낼 수는 있지만 정작 경기에서 뛰는 것은 선수들이다.

"곤란하군!"

알렉산더 감독이 자신도 모르게 말을 내뱉자 토니 페냐 벤치 코치가 고개를 열심히 끄덕였다. 하지만 그도 뾰족한 수단이 없었다.

삼열이 더그아웃에 앉아 벅 쇼와 에밀리, 그리고 존 가일의 눈빛을 받고 피식 웃었다.

그도 5회부터 관중들이 소리를 지르는 것을 듣고 알고 있었다. 지금까지 퍼펙트게임을 하고 있다는 것을.

물론 욕심이 나지만 그것을 욕심으로 이룰 수 있는 것은 아니라는 사실을 알고 있었다.

게다가 월드시리즈에서 우승하는 것이 중요하지 개인의 기록 따위는 상관없었다. 이미 정규시즌에 한 번 해본 퍼펙트게임이고 월드시리즈에서 한다면 더 빛나겠지만 행운은 그렇게 한꺼번에 몰려오는 것이 아니라는 사실을 알고 있었다.

'마음을 비우자. 내가 전생에 나라를 구한 것도 아니고. 욕심을 내면 투구 폼이 무너져.'

삼열은 마음을 초연하게 하려 해도 욕심이 나자 눈을 감았다. 그러자 자신의 모습이 보였다. 탐욕으로 가득한 뚱뚱하고 역겨운 모습이 환상처럼 잠시 보였다 사라졌다. 그리고 설핏 졸았다.

잠에서 깨어났지만 시간은 1분도 지나지 않았다. 하지만 흔들리던 그의 마음은 마치 바위처럼 굳건하게 변했다.

중요한 것은 개인의 기록이 아닌 컵스의 우승이라는 사실을 다시 한 번 깨닫자 저절로 몸이 떨려왔다. 경기를 망칠 뻔했다는 것을 알고는 점수를 안 주기 위해 발버둥 치지 않기로 했다. 1점 줄 생각을 하고 편하게 던지기로 했다.

잭 피터슨이 6회까지 무실점으로 막았다. 삼열은 그가 더 이상 마운드에 서지 못한다는 것을 알았다. 셋업맨치고는 정말 긴 이닝을 책임졌다. 그는 올해 65경기에 나와 60.2이닝을 던졌다.

한 경기에서 1이닝 이상을 던지지 않던 선수다. 그런데 그런 그가 오늘은 3이닝을 던졌으니 더 던지고 싶어도 던질 수 없을 것이다.

"삼열, 이제 네 차례야. 왼손은 언제 던질 건데?"

"바로 지금부터. 후후."

삼열은 의자 밑에서 오른손 글러브를 꺼내 꼈다. 오늘은 오른손으로 너무 무리해서 던졌다. 허리나 다리 등을 살펴봐도 힘이 들거나 하지는 않았지만 오른쪽 어깨가 뻐근한 것이 오늘 무리를 해서 던진 것이 틀림없었다.

삼열이 마운드에 서자 관중석에서 커다란 소란이 일었다.

삼열의 글러브가 바뀐 것을 눈치 빠른 팬이 알아차린 것이다.

삼열의 글러브를 보고 알렉산더 감독은 손으로 머리를 감싸 쥐었다. 타격코치에게 무조건 2스트라이크 후에 배트를 휘두르라는 작전을 내렸는데 손을 바꿔 던진다면 아무 의미가 없어지기 때문이다.

—아, 강삼열 선수 드디어 스위치 피처의 위력을 보여주려는 것인가요?

—무척 기대됩니다. 강삼열 선수가 양손잡이로 공을 던질 수 있게 된 것이 알려진 것은 바로 올해 벌어진 챔피언십시리즈 경기였죠. 그러니 양키스 선수들은 강삼열 선수의 스위치 피칭에 대비할 수가 없었을 것입니다. 6이닝 동안 전력투구에 가깝게 공을 던졌어요. 힘이 빠질 만할 때 던지는 손을 바꾸는군요.

—양키스 타자들은 약이 오르겠어요. 이제 좀 적응이 될 만하니 메이저리그 최고의 좌완 투수를 또다시 상대해야 하니까요.

—기가 막힐 것입니다. 대부분의 타자들은 3회 이전에 안타를 치는 빈도가 굉장히 낮습니다. 눈에 익어야 비로소 공이 날아오는 궤적을 짐작할 수 있게 되니까요. 그렉 매덕스에게 왜 그렇게 타자들이 많이 당했느냐 하면 구위 파악이 안 되었기 때문입니다. 농담으로 선수들이 하는 말이 있습니다. 매덕

스는 90개의 공을 던지면 90개의 전혀 다른 구질의 공을 던진다는 말이죠. 정말 예측할 수 없는 다양한 공을 던지니 안타가 쉽게 나올 수 없는 것이었죠.

—아하, 그렇군요. 지금까지 강삼열 선수 퍼펙트게임을 해오고 있는데, 오늘 그의 두 번째 퍼펙트게임을 할 수 있을까요?

—국민 여러분도 이제부터는 강삼열 선수가 승리투수가 되는 것이냐 하는 점에 포인트를 둘 수도 있지만 과연 퍼펙트게임을 할 수 있을 것인가에 관심을 두어도 좋을 것 같군요.

—정말 오늘은 가면 갈수록 흥미가 더해지는군요. 경기를 중계하는 저희도 너무너무 궁금합니다.

—하하하, 그렇죠. 오늘 강삼열 선수, 왼손의 구위 역시나 좋군요. 연습구를 방금 마쳤는데 칼스버그 포수의 표정이 무척 좋지 않습니까? 그날 투수의 구위나 컨디션을 누가 가장 잘 알 수 있느냐? 당연히 포수입니다. 그래서 투수 코치가 투수를 교체할 때 대부분 포수의 의견을 반영하죠.

—다시 경기가 시작되었습니다. 강삼열, 던졌습니다. 스~ 트라이~ 크! 스트라이크입니다.

삼열은 마운드에서 거만한 표정으로 양키스의 타자를 내려다봤다.

퍼펙트게임 따위는 잊은 지 오래다. 그딴 것은 안 해도 상관없다. 중요한 것은 승리다. 그리고 컵스의 우승이다. 그것을 위해서라면 퍼펙트게임 따위는 개에게 줄 수도 있다고 생각했다.

요한 지터는 세 번째 타석에 들어서서 상대 투수가 왼손으로 던지는 것을 보고 한숨을 크게 내쉬었다. 오른손마저 제대로 눈에 익지 않았는데 왼손은 더할 것이다. 마치 넘을 수 없는 거대한 산이 앞에 놓인 것 같아 가슴이 답답했다.

그는 손으로 왼쪽 가슴을 지그시 누르며 다시 투지를 불태웠다. 하지만 그의 투지도, 노력도 송곳처럼 날카롭게 파고드는 공에 속절없이 당하고 말았다.

삼진 아웃 카운트가 11개. 삼열은 18명의 타자 중 절반이 훨씬 넘는 11명을 삼진으로 잡아냈다.

마리아는 관중석에서 기뻐 소리를 질렀다. 삼열이 오지 말라고 했지만 줄리아가 가고 싶다고 너무 졸라 겨울옷을 껴입고 목도리를 하며 눈만 내놓고 있었다.

"엄마, 아빠가 또 삼진을 잡았어요."

"그래, 아빠가 했어."

"맞아, 맞아. 아빠가 했어."

"줄리?"

"응?"

"내 남편이기도 하단다."

"아냐, 아냐, 내 아빠야."

마리아는 줄리아의 토라진 모습에 빙그레 웃으며 공을 던지는 삼열을 바라보았다. 차가운 바람이 지나갔지만 뜨거운 열기에 봄바람보다 더 부드럽게 느껴졌다.

'여보, 잘해요. 꼭 우승해요.'

마리아는 두 손을 마주 잡고 기도했다.

*　　　　*　　　　*

삼열이 왼손으로 바꿔 공을 던지자 양키스의 타자들은 의욕을 잃어버렸다.

오른손으로 던졌을 때도 100마일을 넘나드는 공에 번번이 헛스윙했다.

사실 100마일이라도 제구가 안 되는 공이라면 한번 해볼 만하다. 메이저리그는 단순히 강속구 하나로 버틸 수 있는 곳이 절대로 아니기 때문이다. 하지만 삼열의 공은 제구까지 절묘하게 이루어지니 미치고 팔짝 뛸 일이었다.

양키스 선수들은 세 번째 타선이 돌아오자 은근히 이제는 노려볼 만하다고 보았는데 어이없게도 투수의 던지는 손이 왼손으로 바뀌었다.

왼손으로 바뀌면서 삼열은 이전과 다르게 투구를 하였다. 강속구로 윽박지르던 것에서 벗어나 절묘하게 타자의 타이밍을 뺏는 공을 던지기 시작했다.

포심, 투심, 커터, 체인지업, 커브 등 한 타자에게 같은 공을 던지는 경우가 없었다. 직구를 기다리면 체인지업이나 커브가 날아오고 변화구를 기다리면 포심과 투심이 날아왔다.

3루 쪽 관중석에서 삼열의 투구를 넋 놓고 보는 두 여자가 있었다. 한 명은 갈색의 머리를 미국인이고, 다른 한 명은 검은 머리에 체구가 작은 여자였다.

"리, 정말 저 선수를 알아?"

"응, 같은 학교를 다녔으니까."

"와아! 대단해. 저런 나이스 가이를 알고 있다니. 하지만 삼열 강은 이미 결혼을 했다고. 딸도 있고."

"응, 그렇지."

여자는 희미한 미소를 지으며 레이첼의 말에 고개를 끄덕였다.

수애는 눈을 크게 뜨고 자신이 어린 시절에 좋아했던 남자를 바라보았다. 그는 컵스의 영웅이 되어 있었다. 불과 6년 만에 그는 전혀 다른 사람이 되어 있었다. 미국인들 중 그의 이름을 모르는 사람이 없을 정도로 유명해졌다.

'그는 그때도 빛이 났었지.'

그녀는 삼열이 성공할 것이라고 믿고 있었다. 하지만 이렇게까지 빛나는 별이 될 것이라고는 생각하지 못했다. 그녀는 삼열의 야구에 대한 진솔한 태도, 열정에 반했을 뿐이었으니까.

남들보다는 머리 하나 정도 키가 컸던 그는 구부정한 어깨를 한껏 숙이고 다녔지만, 운동장을 미친 듯이 뛰는 그 모습에 반했다.

사실 처음 그 모습을 보았을 때는 삼열이 사이코인 줄 알았다. 하지만 친구들에게 전해 들은 말은 다소 충격적인 내용이었다. 그런 그가 전교 1등이라니.

무엇 때문에 저럴까 생각하니 흥미가 생겼고 그렇게 관심을 가지고 보니 자신도 모르게 삼열에게 빠져들었었다.

그에게 선물과 편지를 전해줬지만 답장은 오지 않았다. 나중에 안 내용이지만 그는 그때 다른 여자를 사귀고 있었다고 한다. 그뿐만 아니라 그를 좋아하는 여자애도 혼자가 아니었다.

삼열이 다니는 학교에 가고 싶어 죽어라 공부해서 서울대를 갔다. 하지만 삼열은 이미 메이저리그로 떠난 뒤였다.

고3 수능을 몇 달 앞둔 그때 그래도 해온 것이 아까워 마무리를 잘하기로 결심했고 그녀는 다행히 서울대에 입학할 수 있었다.

대학생이 된 후엔 그를 잊었다. 사귄 사이도 아니고 짝사랑에 지나지 않았던 상대라 잊는 것은 생각보다 쉬웠다. 대학을 졸업하고 뉴욕으로 유학을 왔다. 외삼촌이 있는 곳이라 외국 생활에서 오는 부담은 크지 않았다.

수애는 미국에 오자마자 삼열의 사진이 날마다 신문과 방송에 나오는 것을 지켜보며 너무나 놀랐었다. 뉴욕의 아이들이 파워 업 티셔츠를 입고 유치한 응원가를 부를 때 웃기기도 하고 재미있기도 했다.

이제는 재미동포들 사이에서 한국인으로서 자부심을 가지게 해준 삼열은 폭발적인 인기를 누리고 있었다.

오늘 온 것은 레이첼 때문이었다.

야구광인 그녀가 월드시리즈 티켓을 구매하지 못하자 밤을 새워 여기저기 전화를 하고서는 다음 날 만세를 부르며 나타났다. 그리고 뉴욕에서 시카고로 날아왔다.

'그는 여전히 멋져.'

수애는 쓸쓸히 웃었다. 삼열이 자신을 기억이나 할 수 있을까 생각하니 자신이 없었다. 맞은편 1루 쪽에 유난히 즐거워 보이는 모녀를 보자 기분이 좋아졌다.

여자아이로 보이는 꼬마가 겨울옷을 입고 뭐라고 소리를

지르며 방방 뛰고 있었고, 역시 두꺼운 겨울옷을 입은 여자가 목도리를 두른 채 경기를 관전하고 있었다.

이곳 리글리 필드에는 겉옷을 걸친 사람들은 많지만 안에는 모두 파워 업 티셔츠를 입고 있다. 삼열이 얼마나 이곳 컵스의 팬들에게 사랑을 받고 있는지 보여주는 대목이었다.

삼열은 공을 던질 때마다 터져 나오는 박수와 환호에 귀가 먹먹할 정도였다. 그런데 3루 쪽의 몇 명의 여자가 자신을 응원하는 것을 이상하게 생각했다. 거기는 양키스 응원석이었기 때문이다.

갈색 머리의 조금 통통한 백인 여자와 동양 여자, 그리고 히스패닉계로 보이는 사람들이었다.

삼열은 차분하게 공을 던졌다.

불같은 강속구는 아니지만 왼손으로 던져진 공은 예리했기 때문에 양키스의 타자들은 혼란스러움을 느꼈다.

스위치 피처가 메이저리그에 없는 이유는 효율성 때문이다. 하지만 삼열이 던지는 공은 그저 그런 공이 아니다. 게다가 체력 하나는 그 누구보다 좋은 삼열이었다.

러닝을 하루 종일 했던 그의 체력이 어디 가지 않았기에 왼손으로 던지는 공의 위력은 1회 때와 별반 다르지 않았다.

알렉산더 감독은 삼열이 공을 던지는 것을 보고 자리에 앉아 생각에 잠겼다.

어떻게 해볼 도리가 없다. 단기전에서 특급 투수가 가지는 위력에 그는 전율을 느꼈다. 내셔널리그의 투수라 삼열을 그동안 눈여겨보지 않았었다.

스카우터들에 의해 가끔 보고서가 올라오기는 했지만 아직 FA도 아니어서 관심이 없었다. 내년부터 조사를 본격적으로 하려고 했는데 월드시리즈에서 마주치게 될 줄은 생각하지도 못했다.

'굉장하군.'

알렉산더 감독은 3번 타자 에드워드 카노가 스윙으로 아웃되는 것을 보며 나직하게 한숨을 내쉬었다. 7회 초가 끝났지만 양키스 타자들은 단 한 개의 안타도 치지 못했다.

상대 투수는 100마일의 공을 아무렇지도 않게 뿌리고 있지 않은가? 쉽게 점수가 나오지 않는 것이 조금도 이상하지 않았다. 하지만 안타는 다르다. 내야 안타든, 바가지성 안타든 투수가 아무리 뛰어나더라도 못 낼 것은 아니었다.

퍼펙트게임을 당한다는 것은 그날 완전히 운이 없다는 것을 뜻한다.

역대 퍼펙트게임이 나온 경기를 보면 그날 수비진의 활약이 놀랍기도 했다. 사실 투수의 퍼펙트게임의 반은 수비진이 만든 것이기도 했다.

양키스 선수가 삼열의 공을 치면 내야 땅볼이거나 뜬공이었다. 그런데 오늘은 그 흔한 외야 플라이도 없었다. 완전히 삼열의 구위에 눌린 양키스 선수들이 마냥 딸려가고 있다.

이제는 방송중계를 하는 각 부스에서는 퍼펙트게임이라는 단어가 한시도 쉬지 않고 흘러나왔다.

양키스의 해설자인 자니 퍼킨스도 양키스가 퍼펙트게임을 당할 것을 당연하게 여기는 발언을 했다.

그 이유로 삼열의 체력이 조금도 떨어지지 않았을 뿐만 아니라 우완에서 좌완으로 바꿔서 투구해도 제구력에 문제가 없다는 것, 양키스의 선수들이 삼열의 공에 끌려 다니며 타이밍을 맞추지 못하고 있는 것, 그리고 컵스의 수비진의 집중력이 여전히 떨어지지 않고 있는 것을 들었다.

그 시간 존스타인은 귀빈석에서 구단주 톰 리온과 경기를 시청하고 있었다. 그는 한때 아버지 조 리온이 오바마를 반대하는 광고에 1,000만 달러를 지원하려고 했을 때 난처한 일을 당하기도 했다. 결국 그는 인종차별로 인해 사회적 논란이 되자 이를 철회하였다.

그는 아메리 트레이드와 인캐피탈 홀딩스의 CEO로 억만장자다. 컵스의 모기업인 트리뷴 사에서 컵스 구단을 9억 달러에 매입하였다. 온 가족이 모두 컵스의 팬인 리온은 컵스가 월드시리즈에 진출하자 가장 좋아한 사람 중의 하나였다.

그는 특히 삼열에게 관심이 많았다. 메이저리그 최고의 투수이기도 하지만 삼열이 작년과 올해 엄청난 연봉을 받을 수 있었던 것도 바로 톰 리온의 허락이 떨어졌기 때문이기도 하다.

물론 내년 이후에 FA 자격 요건을 갖추면 연봉은 폭등하겠지만 FA 이전임에도 불구하고 삼열이 메이저리그의 고액 연봉자 리스트에 올라갈 수 있었던 이유는 바로 구단주 톰 리온 덕분이었다.

"이봐, 존스타인. 삼열이는 정말 오늘도 굉장하군. 이대로만 간다면 컵스는 3승을 하겠어."

"이변이 일어나지 않으면 그렇게 될 것입니다. 삼열은 누구보다 자기 관리가 뛰어난 선수입니다. 그를 놓치면 안 됩니다."

"하하, 걱정하지 말게. 난 필요하면 양키스보다 더 많은 돈을 쓸 수도 있어."

"기대하고 있겠습니다."

"월드시리즈 우승이라… 정말 믿을 수 없는 일이 바로 눈앞에서 일어나고 있어. 우리는 기적을 보고 있다고."

"하하, 톰, 아직 경기가 남았습니다."

"아, 그렇지. 하지만 간절히 원하고 기대하면서 계획을 실천하면 언제든지 꿈은 이루어지지. 그러니 걱정하지 말게."

둥그런 얼굴이어서 귀여운 이미지를 주는 톰 리온이 누구보다도 강한 확신을 가지고 말했다. 존스타인은 구단주의 말에 자신도 모르게 주먹을 불끈 쥐었다.

그도 역시 같은 생각이었다.

기대하고 소망하기만 하면 어떤 것도 이룰 수 없다. 하지만 간절히 열망하게 되면 현명한 자는 반드시 계획을 세우게 된다. 그리고 행동을 하게 되면 꿈은 그다지 멀리 있는 것이 아니라는 사실을 발견하게 된다.

그는 컵스가 우승할 수도 있을 것이라고 믿었다. 그래서 레드삭스를 떠났다. 물론 구단주와 사이가 틀어진 탓도 있지만 컵스의 우승을 누구보다 원하는 구단주와 팬들이 있었기 때문에 결심할 수 있었다.

레드삭스가 86년 만에 밤비노의 저주에서 벗어날 수 있었던 것도 누구보다 간절히 소망했고, 그것을 이루기 위해 감독과 구단, 선수, 팬들 이 모두가 한마음으로 뛰었기 때문이었다. 다른 사람들이 밤비노의 저주에 관해 이야기할 때 그는 묵묵히 앞으로 나아갔다.

우승은, 소망을 성취하는 길은 결국 노력밖에는 없음을 누구보다도 더 잘 알고 있다. 이제 레드삭스뿐만 아니라 컵스도 우승을 향해 한 발 한 발 앞으로 나아가고 있다. 100년 만의 월드시리즈 우승이 멀지 않았다.

'정말 꿈이 이루어지는 것인가?'

누구보다 컵스의 우승을 소망했던 존스타인이었다. 그리고 오늘은 삼열이 마운드에 서서 양키스 타자들을 초토화시키고 있었다.

'아무리 봐도 괴물이군.'

존스타인은 기분 좋은 미소를 지었다. 마운드에는 삼열이 건방진 표정을 지으며 서 있었다. 이제 한 타자만 더 상대하면 컵스가 승리하게 된다.

*　　　　*　　　　*

삼열은 바람이 지나가는 길목에서 손을 벌렸다. 바람이 팔과 뺨을 어루만지며 지나갔다.

양키스의 마지막 타자인 마사마오가 타석에 들어섰다. 2012년에 양키스로 트레이드되어 온 이후 그는 예전의 그가 아니었지만 그래도 제 몫을 어느 정도 다하고 있었다. 하지만 삼열의 구위에는 그의 날카로운 배팅도 소용이 없었다.

일본에서 8년 연속 퍼시픽리그의 타격왕이었고, 메이저리그에 와서는 아메리칸리그 타격왕과 도루왕, 그리고 최다 안타 1위를 기록했다.

특히 그의 최다 안타는 조지 시슬러의 257안타를 84년 만에 경신하기도 했다. 또한 그는 신인왕과 MVP를 동시에 수상하기도 하였다.

메이저리그에서 200안타를 10년 연속으로 달성하기도 했던 마사마오를 삼열은 좋아했다.

타자로서 동양인은 안 된다는 편견을 깬 선수였고 덕분에 추신수와 같은 한국인 메이저리거가 나오는 데에 좋은 영향을 끼쳤다.

하지만 그는 지금 나이가 많아 은퇴의 기로에 서 있다. 양키스로 옮긴 다음에도 성적은 나쁘지 않았지만 과거의 영광에서 서서히 멀어지고 있었다. 그도 메이저리그를 점령했던 수많은 스타처럼 물러날 때가 된 것이다.

삼열은 공을 던졌다. 공이 빠르게 날아가다가 타자 앞에서 휘어졌다. 마사마오는 배트를 휘둘렀다. 바람 소리가 그의 배트 뒤를 따랐다.

펑.

"스트라이크."

마사마오는 눈을 잠시 감다가 떴다. 초등학교 시절에 야구를 시작하면서 단 하루도 쉬지 않고 연습에 연습을 거듭했다. 꿈을 이루기 위해, 자신과의 약속을 지키기 위해. 그는 그 많은 시간을 달려왔다. 그리고 그 꿈을 이루었다.

세이버메트릭스라는 방법으로 팀 기여도를 조사했을 때 시애틀은 더 이상 그가 팀에 필요 없는 선수라고 판단했다. 그래서 양키스로 트레이드되어 왔다.

안타와 타율이 뛰어남에도 불구하고 팀 공헌도가 낮다는 이유와 많은 나이 때문이다. 세월 앞에서는 그 자신도 어쩔 수 없었다.

포스트시즌이 되면서 그는 출전의 기회를 좀처럼 잡지 못하고 있었다. 오늘은 6회 초에 교체 출장을 하게 된 것도 내야 안타를 기대하는 알렉산더 감독 때문이다.

그의 임무는 퍼펙트게임을 막는 것. 하지만 그는 6회 초에 삼열의 공을 경험하고서는 자신의 배트 스피드보다 삼열의 공이 빠른 것을 알았다. 게다가 지금은 9회. 상대 투수가 좌완으로 바뀌어 타격 타이밍을 다시 잡아야 한다.

'스위치 피처라니, 은퇴하지 않고 버텨온 것이 무척이나 다행이군!'

마사마오는 아메리칸리그에서 활약했기에 간간이 삼열에 대한 소문을 들어 알고 있었다.

껄끄러운 한국인 투수라는 것. 그리고 그런 그가 메이저리그 최고의 투수로 인정받고 있다는 것.

하지만 내셔널리그에 있는 그와는 단 한 번도 마주치지 못했다. 그런데 정말로 상대 투수는 6회까지는 오른손으로, 7회부터는 왼손으로 공을 던졌다. 양손 모두 메이저리그 최고라고 말할 수 있는 구위에 그는 깜짝 놀랐다.

'힘들겠어!'

그는 자신의 감이 무척이나 잘 맞는 것을 알고 있다. 26번이나 앞선 타석의 타자들이 하지 못한 것을 자신이 깰 수 있을 것으로 믿지 않았다.

예전이라면, 아니 4년 전만 해도 이런 그의 생각을 용납하지 못하고 몸에 맞는 공이라도 진루를 하려고 했을 것이다. 하지만 지금은 은퇴 전 마지막에 추한 모습을 보이는 것이 싫었다.

비록 상대는 한국인이지만 이렇게 뛰어난 기량을 보인 선수를 모욕할 수는 없다고 생각했다.

마사마오는 날아오는 공을 노리고 배트를 휘둘렀다. 공이 배트에 맞아 뻗어갔다.

"아~!"

마사마오는 1루로 뛰다가 멈췄다. 파울이었다. 3루를 약간 벗어난 파울볼에 안타까운 마음이 들었다. 배트의 중심에 공이 맞았는데 미묘한 느낌이 들긴 했다.

약간 빗겨 맞았다는 느낌. 그 느낌 그대로 타구는 파울볼이 되고 말았다.

2스트라이크 노볼.

마사마오는 상대 투수가 유인구를 던질 것으로 생각하고 약간 느슨하게 배트를 잡았다. 마지막 공이 될 수 있는 공이니 당연히 공을 하나 뺄 것으로 생각했다.

그러나 조금 전에 맞은 타구가 상당히 좋았기 때문에 상대 투수가 조심할 것으로 생각했다. 그러나 그의 짐작은 보기 좋게 빗나갔다.

펑.

공이 포수의 무릎에 살짝 걸치며 눈 깜짝할 사이에 미트에 박혔다.

"스트라이크."

마사마오는 자신이 당했다는 것을 깨달았다. 상대는 자신을 조금도 두려워하지 않았던 것이다.

잘못하면 퍼펙트게임이 날아갈 수도 있는데 어떻게 이렇게 대담하게 스트라이크를 던질 수 있는지 믿을 수 없었다.

*　　　　*　　　　*

삼열은 마운드에서 두 손을 번쩍 들었다. 그러자 리글리필드가 떠나갈 듯한 함성으로 가득했다.

퍼펙트게임을 지키려고 노력하지 않은 것이 오늘 경기를 일찍 마치게 된 이유가 되었다. 한 점 정도는 언제든지 줄 수 있다고 마음을 비우고 던졌더니 그것이 오히려 퍼펙트게임이 되고 말았다.

'마리아, 보고 있어? 이 경기는 당신을 위한 거야. 당신도 내가 이기길 바랐지?'

삼열은 기뻐서 자신의 몸에 올라타는 컵스의 선수들을 보며 활짝 웃었다. 너무나 좋아 눈물이 날 것 같아 삼열은 자신을 올라탄 선수를 손으로 때렸다.

"악, 아파!"

"헉, 도망가자."

두 명의 선수가 깜짝 놀라 삼열의 몸에서 떨어졌다. 로버트와 재영이었다.

"이 자식들이! 너희들 이 기회에 나를 패려고 한 거지?"

"아냐, 절대 아냐."

삼열은 로버트가 놀라는 것을 보고 자신의 짐작이 맞은 것을 알았다. 누군가 고의로 자신을 때렸다는 것을 느꼈는데 그중의 한 명이 로버트였다.

삼열은 컵스의 선수들에게 사랑을 많이 받고는 있지만 한편으로는 미움과 질시도 동시에 받고 있었다. 그래서인지 삼열이 승리투수가 되거나 홈런을 치면 그 기회를 통해 은근히 스트레스를 푸는 선수들이 있었다.

"너, 이 새끼!"

"악, 아냐! 아니래도."

로버트가 뒤돌아 도망가자 삼열이 쫓아갔다. 감격에 겨워하던 팬들은 이 모습을 보며 어리둥절하다가 '역시 삼열이야!' 하면서 미소를 지었다.

로버트가 3루 쪽으로 가까이 도망가자 누군가 삼열의 이름을 크게 불렀다. 삼열은 갈색 머리의 백인이 자신의 이름을 부르는 곳을 바라보았다.

삼열은 자신의 이름을 부르는 소리를 듣고 고개를 돌렸다. 대부분 응원할 때 관중들이 삼열의 이름을 부르지만 이번은 조금 달랐다. 개인적으로 아는 듯한 뉘앙스를 풍겼던 것이다.

삼열이 한눈을 팔자 로버트는 안심하고 완전히 도망을 가 버렸다.

'누구지?'

마치 자기를 잘 아는 듯한 목소리여서 보았는데 처음 보는 얼굴이었다. 기억력이 굉장히 좋은 삼열이 처음 보는 느낌이면 거의 모르는 사람이라고 할 수 있다. 삼열이 고개를 돌리려고 하는데 누군가 다시 말을 걸어왔다.

"안녕하세요, 선배님!"

"……?"

작은 키에 예쁜 여자가 마치 자기를 아는 듯한 얼굴로 인사를 하자 삼열은 고개를 갸웃거렸다. 그러자 기억의 저편에서 비슷한 얼굴이 떠올랐다.

그때도 순진하고 예뻤었는데 지금은 어엿한 숙녀가 되어서인지 그때보다 훨씬 아름다웠다.

"대광고의……?"

삼열이 자신을 알아본 듯하자 수애는 기분이 좋았다. 이미 오래전, 삼열은 추억의 파편으로 남아 있던 남자였다.

그때는 사귀는 사이도 아니었고 혼자만의 짝사랑이었다. 그런데도 자신을 알아보다니!

"여기는… 웬일이야?"

"웬일은요, 야구 보러 왔죠. 여기는 레이첼이에요. 내 외사촌이자 같은 대학에 다니고 있어요."

"아, 그래? 이름이 수애라고 했었던 것 같은데 성은 모르겠고."

"와, 역시 천재는 달라요. 이수애예요."

"반가워."

"오늘 승리 축하해요."

삼열이 수애와 이야기하는 사이 레이첼이 슬금슬금 다가왔다. 그러고는 힘들게 자신의 옷을 벗어 삼열에게 내밀었다.

"……?"

삼열이 자신 앞에 놓인 레이스 달린 속옷을 보고 눈을 깜박거렸다.

"뭐 해요? 빨리 사인해 줘야죠."

레이첼이 삼열을 보고 웃으며 말했다. 삼열이 옷에 사인하자 레이첼이 '노노' 하며 한마디 더 써달라고 했다.

"퍼펙트게임을 기념하며, 이 문구를 꼭 넣어주세요."

"그러죠, 뭐."

삼열이 레이첼과 수애 그리고 주변에 몰려온 몇몇 사람에게 사인을 해주고 있는데 로버트가 달려왔다.

"헤이, 삼열! 감독이 인터뷰하래."

"어, 알았다."

삼열이 로버트와 장난을 치다가 그를 쫓기 위해 달리자 몇몇 사진기자가 그 모습을 열심히 찍기 시작했다. 1루 쪽 관중석에서 마리아와 이야기를 하던 줄리아는 삼열이 그라운드를 달리자 벌떡 일어나 아래로 뛰어 내려갔다. 그러고는 맨 아래까지 갔다가 다시 올라오며 팔짝팔짝 뛰었다.

"줄리, 위험해. 안 돼!"

줄리아는 마리아의 눈치를 슬쩍 보더니 다시 빠르게 계단을 내려갔다. 조그마한 몸이 달리는 속도가 너무 빨라 주변의 사람들이 신기하게 보고 있었다. 하지만 대부분의 사람은 그라운드에서 기뻐하는 컵스의 선수들과 로버트를 뒤쫓아 가는 삼열을 바라보고 있었다.

그리고 삼열이 3루에서 어떤 여자들과 이야기를 하자 고개를 갸웃거리던 줄리아가 마침내 사고를 치고 말았다. 아래로 내려간 줄리아가 눈 깜짝할 사이에 그라운드로 뛰어내렸기 때문이다.

여기저기서 '앗!', '어떻게 해?' 하는 소리가 들렸지만 줄리아는 아무것도 듣지 못한 채 그라운드에서 굉장한 속도로 삼열에게 달려갔다. 그 모습을 본 마리아는 자리에서 주저앉았다.

오늘 온 것은 남편에게 비밀이었다. 줄리아에게도 몇 번이나 이야기하여 삼열이 오기 전에 일찍 집으로 돌아갈 생각이었다. 그러고는 집에서 본 것으로 딸과 입을 맞췄다.

그런데 줄리아는 삼열이 운동장을 달리자 신이 났는지 방방 뜨면서 계단을 오르락내리락하다가 그라운드로 내려가 버린 것이다. 말리고 말고 할 시간도 없었다.

많은 사람이 줄리아를 걱정했지만 사실 마리아는 걱정하지 않았다. 딸이 얼마나 튼튼한지 너무나 잘 알고 있는 그녀는 딸이 그라운드에 머리부터 떨어졌다고 해도 다치지 않을 것이라는 생각을 했다.

역시나 줄리아는 어떻게 하였는지 모르지만 안전하게 착지를 하였다. 아마도 영악한 것이 계단을 오르락내리락하면서 내려가는 방법을 연구한 듯했다.

마리아는 쓴웃음을 지으며 아빠를 향해 무서운 속도로 달려가는 딸을 물끄러미 바라보았다.

삼열은 사인을 해주고 인터뷰를 하라는 로버트의 말을 듣고 돌아서려 할 때 자신의 다리를 잡는 작은 손을 보았다.

"아빠, 아빠!"

"줄리, 너 어떻게 여기 왔어?"

"아빠 보고 싶어서 왔쩌. 잘했지, 잘했지. 응?"

줄리아는 아빠에게 야단을 맞을까 봐 팔을 벌려 삼열의 품에 안겨 얼굴을 비볐다. 딸의 재롱에 삼열은 웃을 수밖에 없었다.

"엄마는 어디에?"

"저기에……"

삼열은 줄리아가 가리키는 곳을 바라보았다. 1루 관중석에서 마리아가 두꺼운 옷을 입고 자신을 바라보고 있었다. 삼열은 1루 쪽으로 걸어갔다.

감독이 빨리 오라고 했지만 그깟 기자 나부랭이들과 인터뷰를 하는 것보다 가족과 이야기하는 것이 훨씬 더 소중했다.

삼열이 다가오자 마리아는 할 수 없이 얼굴에 가린 머플러를 풀고 펜스 밑까지 내려왔다. 리글리필드뿐만 아니라 대부분의 야구장은 1루와 3루의 펜스가 굉장히 낮다. 그래서 마리아는 삼열과 얼굴을 맞대고 이야기를 할 수 있었다.

"여보, 왜 왔어? 집에 있으라고 했더니."

"나도 그러려고 했어요. 하지만 줄리가 하도 가자고 해서 어쩔 도리가 없었어요."

마리아의 책망이 담긴 눈길을 보고는 줄리아가 삼열의 품에 더 파고들었다.

"야, 삼열. 감독이 빨리 오래."

로버트가 다시 삼열을 채근했다. 그 소리를 듣고 마리아가 삼열에게 가보라고 했다. 삼열은 줄리아를 마리아에게 넘겨주려고 했지만 한사코 떨어지지 않으려고 해서 할 수 없이 데리고 갔다.

그 시간 장영필 아나운서와 송재진 해설위원은 방송을 마무리하려다 삼열이 로버트 뒤를 쫓아가자 덕담을 하며 웃고 있었다.

그런데 조그마한 아이 하나가 1루 쪽 관중석에서 내려와 굉장한 속도로 3루에 있는 삼열에게 달려가서는 그의 품에 안기는 것이 아닌가.

송재진 해설위원은 본능적으로 마무리 멘트를 하려는 장영필 아나운서에게 신호해서 방송을 끝내지 못하게 했다.

─하하, 오늘의 주인공 삼열 선수의 딸인 줄리아군요. 오늘은 날씨가 추워서 안 온 줄 알았는데 그게 아니었군요.

─아, 마침 제가 시청자께 끝인사를 드리려고 했는데 재미난 장면이 보여서 조금 더 방송을 연장해야 할 것 같아요.

─줄리아 양, 아빠를 닮았는지 아직 어린 나이인데도 뛰는 속도가 장난이 아니군요. 나중에 육상 선수를 해도 충분히 올

림픽 메달을 딸 것 같군요.

─아, 어디로 가나요. 1루 쪽으로 가는군요. 아마도 엄마인 마리아에게 가겠죠. 강삼열 선수의 부인인 마리아 말이죠.

─하하, 그렇겠죠. 강삼열 선수도 갑자기 딸이 그라운드로 내려와서 당황한 듯 보이는군요. 3루 쪽 여성 팬들과 아이들에게 사인을 해주고 나서 인터뷰를 하러 가려고 했던 것 같았는데 말이죠.

─강삼열 선수 좋겠습니다. 저만 할 때가 아이들이 가장 귀엽거든요. 딸은 그나마 나은데 남자아이들은 커버리면 아버지도 가끔 깜짝깜짝 놀랄 때가 있습니다.

─아니, 왜죠?

─이 녀석이 언제 이렇게 컸나 하고 놀라기도 하고요. 남자는 크면 조금 징그러운 면도 있습니다. 아들이니까 봐주지, 남이라면 참지 못할 일들을 아이들은 할 때가 있습니다.

─아, 청소년기를 말씀하시는가 보네요. 송재진 해설위원님의 경험담이십니까?

─제 경험담일 뿐만 아니라 아들을 키우는 많은 아버지의 생각이죠. 그때만 넘기면 든든하기는 하지만 역시 딸을 키우는 것보다는 재미가 없지요.

─아, 오늘은 인터뷰까지 방송해 드릴 수 있겠군요. 그럼 잠시 후에 돌아오겠습니다.

광고가 나가는 사이 송재진은 헤드폰을 벗고 후련한 표정으로 그라운드를 바라보았다.

"선배님, 방송이 아니라도 정말 부러운 부녀지간이네요."

"그러게 말이야. 그나저나 줄리아 양이 운동신경이 엄청나게 좋은데? 나중에 정말 운동을 시켜도 되겠어."

"그러게 말입니다. 굉장히 빠르게 뛰는군요."

장영필은 클로징 멘트를 준비하다가 줄리아가 그라운드로 난입해서 뛰는 모습을 보지 못했는데 전광판에서 리플레이되는 모습을 보고야 말했다.

"역시나 마리아도 왔군요. 오늘은 왜 안 왔는가 했는데 두꺼운 겨울옷을 입고 와서 우리가 몰랐군요."

"오늘 경기 정말 멋졌어. 내가 본 월드시리즈 중에서 최고라고 말할 수 있을 것 같군."

"저도 마찬가지입니다. 와우! 6회까지는 우완, 그리고 7회부터 좌완. 양키스 선수들이 오늘 볼에 손도 대지 못하더군요."

"저런 천재 투수가 나온 것은 정말 대한민국의 복이야. 축구 선수였다면 월드컵도 노려볼 만한데 말이지."

"그러게요. 야구는 WBC가 그 모양이니."

"뭐 어쩌겠어. 야구는 축구처럼 많은 나라에서 인기가 있는 종목이 아닌데. 공 하나만 있으면 어디서든지 할 수 있는 스포츠가 아니잖아."

"그렇죠."

장영필은 고개를 끄덕였다. 축구는 공이 없으면 하다못해 공 비슷한 것을 만들어 어디서든 할 수 있다. 해변이든 모래 사장이든, 아니면 장소가 좁으면 미니 축구라도 할 수 있다. 하지만 글러브를 껴야 하는 야구는 그렇지가 않다.

삼열은 줄리아를 안고 인터뷰장에 도착했다. 언론을 무서 워하지는 않지만 또 그들과 척을 지면 곤란해진다는 것을 잘 알고 있는 삼열은 질문하는 기자들에게 일일이 대답했다.

─이제 1승만 더 챙기면 대망의 월드시리즈 우승인데요, 심 경은 어떻습니까?

"뭐, 기대가 많이 되지요. 이번에 우승하면 무려 107년 만 에 컵스가 우승하는 것이군요. 기뻐하시는 컵스의 팬들을 위 해서라도 가능한 한 열심히 해보도록 하겠습니다."

─오늘의 MVP와 퍼펙트게임을 동시에 이루셨는데요, 퍼펙 트게임은 벌써 두 번째입니다. 소감 한마디 해주십시오.

"기쁘죠, 뭐. MVP야 제가 잘했으니 당연히 되는 것이지만, 사실 퍼펙트게임은 수비가 뒷받침되지 않으면 힘듭니다. 그래 서 욕심은 나지만 그다지 기대하지는 않습니다. 그리고 오늘 도 나의 힘만으로 이룬 것은 아니고요. 그리고 선수가 이런 기록에 빠지면 제 실력을 발휘하기 어렵습니다. 그냥 조금 잘

한 날이구나 하고 넘어가야겠지요."

삼열이 기자들에게 대답하는 사이 줄리아는 삼열의 손을 붙잡고 있다가 기자들의 카메라를 보고 뛰어갔다.

"이거 뭐야?"

"응? 카메라야."

"그런데 왜 이렇게 커?"

"글쎄, 그냥 크게 나온 거야."

"피이, 그런 게 어디 있어. 다 필요하니까 그렇게 생겼겠지."

사진기자는 줄리아의 말을 듣고 순간 말을 하지 못했다. 어리다고 조금 무시를 했다. 지금은 사진을 찍어야 하는데 조그마한 녀석이 말을 거니 짜증이 났었다. 그러나 이야기를 하다 보니 제법 재미가 있다.

"사진 찍어줄까?"

"예쁘게 나오도록 찍을 수 있어?"

"그럼, 세상에서 제일 예쁘게 찍어주마."

"응, 찍어봐."

사진기자 잭 프론은 귀엽게 웃는 줄리아의 얼굴을 찍기 시작했다. 사실 삼열의 사진은 이미 많이 찍어놓았기에 그중에서 하나 고르면 된다.

사진을 찍고 화면에서 띄워 보여주니 마음에 들어 하는 눈치다. 혹시나 이메일 주소를 물어보니 머뭇거리지 않고 알려

준다. '뭐, 이런 꼬맹이가 다 있지?' 하면서도 이메일 주소로 사진을 보내줬다.

겨울옷을 입고 있어 전체적으로 어두운 느낌이어야 하는데 밝은 금발이 환하게 빛나 사진이 굉장히 잘 나왔다. 뒤에 날개만 달렸다면 어린 천사라고 해도 믿을 정도다.

—마지막으로 물어보겠습니다. 월드시리즈는 몇 차전에서 끝날 것 같습니까?

"월드시리즈 우승은 그동안 양키스가 많이 해먹지 않았습니까? 최근에는 2009년에도 했으니 1908년이 마지막이었던 컵스에게 양보해야죠. 다시 말해 이번 월드시리즈는 컵스의 것입니다. 그러니 당연히 여기 이곳 리글리필드에서 끝나야 합니다."

—그 말은 5차전 전에 끝낸다는 말씀인데 내일 다시 등판이라도 하겠다는 말인가요?

"우리 팀의 벅 쇼도 최고의 투수입니다. 양키스의 타자들도 훌륭하지만 벅 쇼가 충분히 그들을 막을 것입니다. 그럼 이만, 줄리! 어디 있니?"

줄리아는 삼열이 부르자 후다닥 뛰어 삼열의 다리를 잡았다. 삼열이 허리를 숙여 딸을 안고 기자들과 컵스의 선수들에게 눈으로 인사했다.

베일 카르도 감독이 먼저 가보라고 손짓을 했다. 딸이 왔는데 더 이상 잡기도 뭐했고, 이미 끝내기로 마음먹은 삼열을 잡는다고 있을 놈이 아니라는 것을 아니 먼저 보낸 것이다.

삼열은 마리아를 만나 주차장으로 갔다. 자신의 말을 안 들은 마리아에게 조금 화가 났지만 줄리아를 보자 그녀도 어쩔 수 없었을 것이라는 생각에 화가 풀렸다.

"여보, 당신 차로 가죠."

삼열의 부드러운 어조에 마리아는 마음이 놓였다. 화를 내면 어쩌나 했는데 정말 다행이었다.

사실 줄리아 핑계를 댔지만 자신도 경기장에서 남편이 던지는 것을 보고 싶었다. 야구를 좋아해 남편이 던지는 날에 집에서 보고 싶지 않았던 것이다.

"여보, 화 안 났죠?"

"괜찮아. 난 당신이 몸이 안 좋아 보여서 그런 거지. 그래도 옷을 두껍게 입고 나와서 천만다행이야."

삼열의 말에 이제는 마리아가 아기가 된 듯 삼열의 팔에 매달려 애교를 부렸다. 그 모습에 줄리아가 슬쩍 뒤로 빠져 고개를 절레절레 흔들었다.

"하여튼 꼭 티를 낸다니까. 어른이 더 해."

줄리아의 말을 들은 마리아가 고개를 돌려 주먹을 내보였다. 엄마의 주먹을 보자 헤헤헤, 웃으며 줄리아가 차에 올라탔다.

조수석에 탄 마리아가 뒤에 앉아 있는 줄리아를 보고는 조그마한 소리로 삼열에게 물었다.

"그 사람들은 누구예요?"

"누구? 아, 레이첼과 수애요."

"아는 사람이에요?"

"수애라는 여자가 한국에서 같은 고등학교를 다녔었어."

"정말요?"

눈꼬리가 올라간 마리아를 보고는 삼열이 피식 웃었다.

"그런 거 아니니까 신경 쓰지 마요."

"응, 엄마는 신경 쓰지 마. 신경 쓰지 마. 아빠가 신경 쓰지 말래."

"너어."

마리아가 뒤돌아 째려보자 줄리아가 냉큼 고개를 숙였다.

엄마의 잔소리가 시작되면 아무리 그녀라 해도 버틸 수가 없다. 그래서 모르는 척 창밖을 바라보았다. 삼열은 꼬리에 꼬리를 문 차들의 행렬을 따라 도로로 나왔다.

낮에 시작된 경기라 아직도 해가 저물지 않았다. 삼열이 워낙 빠르게 투구를 했기에 경기는 2시간 조금 안 되게 걸렸다. 마침 저녁 먹을 시간이 다 되어 가고 있었다.

"여보, 오늘은 밖에서 저녁 먹고 들어가요."

"그럴까."

"응."

둘의 대화를 엿듣고 있던 줄리아가 외식한다는 말에 만세를 불렀다. 저녁노을이 빌딩의 숲 사이로 꽃처럼 피어났다. 시간이 지나면서 도시가 단풍잎처럼 붉게 물들었다.

2. 임신

저녁을 먹고 돌아온 뒤에도 여전히 몸이 좋지 않은 마리아 때문에 삼열은 걱정이 많이 되었다.

요 며칠 동안 쉬었음에도 마리아의 몸은 정상으로 돌아오지 않았다.

평소에 하지 않던 늦잠도 자고 집안일을 하는 것도 힘들어했다. 삼열은 걱정스러운 눈으로 마리아에게 말했다.

"여보, 괜찮아?"

"네. 조금 더 쉬면 괜찮아질 것 같아요. 걱정하지 마요."

"내일 같이 병원 가자."

"괜찮아요. 우리 월드시리즈 끝나면 함께 가요. 그렇게 심한 것도 아니잖아요."

마리아가 한사코 병원 가는 것을 거부하니 삼열은 의아했다. 병원에 가지 않는다는 것 자체가 이상한 일이었다. 아프면 병원 가는 것이 당연한 일인데 말이다. 삼열은 답답했지만 그렇다고 아픈 마리아에게 화를 낼 수도 없었다.

'내일은 아침 일찍 마리아를 병원에 강제로라도 데려가야겠구나.'

삼열은 이제까지 마리아의 의견을 존중해 주었다. 하지만 건강에 관련한 것은 그럴 수가 없다. 삼열은 마리아의 건강이 걱정되었다.

마리아는 몸이 아파도 이상하리만치 약을 먹기 싫었다. 몸이 나른하고 잠이 많아지고 미열도 났다. 몸이 무겁고 제 몸이 제 몸 같지 않았다. 이런 경우는 하나다. 분명한 것은 병은 아니라는 점이다.

삼열은 혹시나 하는 마음으로 마리아를 보며 입을 열었다.

"당신, 혹시 아기 가졌어?"

"나도 잘 몰라요. 줄리아를 가졌을 때도 몸이 무거웠지만 이번에는 조금 달라서 확신이 안 서요. 그래서 당신이 시간 있을 때 병원에 같이 가자는 것이었어요."

"산부인과에?"

"네에."

마리아가 수줍은 미소를 지었다. 삼열은 침대에서 벌떡 일어나 마리아의 어깨를 두 손으로 잡으며 '정말?' 하고 물었다.

"어떻게 알아요. 내가 의사도 아닌데……."

"아 참, 그렇지. 그래도 느낌이라는 것이 있잖아?"

"느낌은 임신인 것 같기는 해요. 몸의 밸런스가 아무런 이유도 없이 깨진 걸 보면요. 내 몸이 내 것이 아닌, 마치 다른 사람의 몸 같거든요. 아기가 들어서서 그런 것일 수도 있어요."

"그럼 말을 하지 그랬어? 더 잘해줄 수 있었을 텐데."

"당신은 언제나 내게 친절해요. 여기서 어떻게 더 친절할 수 있겠어요."

"그렇게 생각해 주니 고마워, 마리아!"

삼열은 마리아의 말에 빙그레 미소를 지었다.

삼열은 침대에 누워 눈을 감자 잠이 몰려왔다. 삼열은 마리아를 품에 안고 깊은 잠에 빠졌다.

마리아는 잠든 삼열을 말없이 바라보았다. 영악하면서도 우직한 남자, 그리고 자신과 딸에게는 한없이 다정한 남편의 머리를 쓰다듬으며 살포시 미소를 지었다.

마리아는 어둠에 익숙해지고 있는 자신의 눈을 감았다. 그러자 처음 남편을 만났을 때가 기억났다. 지금보다 훨씬 어리고 어리숙한 삼열이 그림 속에서 마구 움직이다가 튀어나왔다.

처음 봤을 때 그녀는 삼열이 동양인이라 관심을 가지지 않았었다.

하지만 시간이 지날수록 야구에 대한 그의 진지한 자세가 어느 날부터 눈에 들어왔다. 그리고 그녀는 삼열이 자신에게 관심이 없다는 사실에 약간의 충격을 받았다.

미모에 자신이 있던 그녀로서는 자존심이 상하기도 했다. 하지만 그가 애인이 있다는 소리에 오히려 신선한 감정을 느꼈다.

먼 한국 땅에 있는 애인을 위해 다른 여자에게 관심을 가지지 않는 모습을 보고는 호감을 갖기 시작했고 시간이 지나면서 점점 빠져들었다.

그러자 그녀는 삼열을 가지고 싶어졌다. 그 어떤 것보다 더 열렬하게 사랑하고 사랑받고 싶어졌으며, 또한 그의 유일한 여자가 되고 싶었다.

레드삭스에서의 모습이 생각나자 피식 웃음이 났다. 장난처럼 룸메이트가 되고 자신이 우격다짐할 때 삼열이 난처해하던 모습이 생각났기 때문이다.

그때는 마리아도 삼열과 설마 결혼하게 될 것이라고는 생각하지 않았었다.

그녀가 예전에 읽은 책에 보물이 숨겨져 있는 밭의 비유가 있다.

농부는 그 사실을 알고는 자신의 소유를 모두 팔아 그 밭을 샀다. 이것이야말로 현명한 자가 마땅히 해야 할 자세다.

사람은 누구나 가장 귀한 것을 차지하기 위해서는 덜 귀한 것을 포기할 줄 알아야 한다. 인간은 모든 것을 가질 수 없는 존재이니까.

마찬가지로 마리아는 자신이 보물이라고 생각했던 남자를 얻기 위해 자신이 할 수 있는 모든 것을 했다.

아버지로부터 받을 유산을 포기했고, 여자의 자존심도 버렸다.

그녀는 자신이 사랑만 있으면 된다고 믿을 정도로 순진하지 않았지만 어느 순간에 이 남자 아니면 안 되겠다는 강한 확신이 들었기 때문에 일을 저질렀다. 그리고 둘 사이에 사랑스러운 딸이 태어났고, 이제는 또 한 아이의 어머니가 될 것이다.

마리아는 인생이 생각보다 더 매력적이고 흥미롭다고 생각했다.

인간은 모든 것을 가질 수 없는 존재다. 더 좋은 것을 얻었으면 덜 소중한 것을 포기해야 행복할 수 있는 존재다. 마리아는 더 좋은 것을 얻었고 그래서 그녀는 자신의 삶이 충분히 행복하다고 믿었다.

아침 일찍 일어난 삼열은 늦은 가을비가 내리는 것을 창문을 통해 지켜보았다.

축축이 젖은 나무들이 무엇인가 말을 하는 듯했다. 정원에서는 나뭇잎이 떨어진 정원수들이 비에 몸을 한껏 움츠리고 있었다.

마리아는 깊은 잠에서 아직도 깨어나지 못하고 있었고, 어린 딸은 제시를 껴안고 잠꼬대를 하고 있었다. 두 마리의 돼지만이 건방진 눈으로 주인인 삼열을 바라보았다.

어제 어린 주인보다 먼저 잠이 든 돼지들이 배가 고픈지 일찍 일어나 사료통 근처를 서성거렸다.

'벅 쇼가 고생하겠군.'

비가 오는 날은 날씨가 평소보다 추워진다. 비가 그치지 않으면 온도는 내려가지 않겠지만 몸이 비에 젖기에 투구를 하기에는 더 고약해진다.

삼열은 몸을 움직였다. 어제 완투를 했지만 피곤함을 그다지 느낄 수 없었다.

승리해서인지, 아니면 월드시리즈에서 퍼펙트게임을 해서인지는 모르겠지만 어쨌든 몸의 상태가 아주 좋았다. 지금은 오히려 마리아가 임신했을 수 있다는 사실에 매우 흥분한 상태다.

삼열이 꿈꾸는 가정은 아이들의 웃음소리가 가득한 집이다. 그래서 더 많은 아들과 딸이 있었으면 하고 바랐다. 외동아들로 자랐고 사고로 부모님을 한순간에 잃으면서 고아가 되었다. 그는 남에게 말할 수 없는 고독을 너무 일찍 알았기에 자녀는 많아야 한다고 생각했었다.

배가 고픈지 사료통 근처에서 팔짝팔짝 뛰는 돼지 두 마리를 보며 삼열은 피식 웃었다.

작은 돼지들도 먹고 살려고 이렇게 이른 아침에 일어나 먹이통 옆에서 저러는 것을 보니 웃겼다. 동물이든 사람이든 본성은 그다지 차이가 없다.

삼열이 사료를 주니 안나와 한나가 빤히 삼열의 얼굴을 쳐다본다. 이제까지 한 번도 삼열이 먹이를 준 적이 없기 때문이다.

돼지의 눈빛에는 '이 녀석이 왜 이러지? 먹어도 되나?' 하는 의문이 담겨 있었다.

자기들의 어린 주인이 얼마나 드센지 알고 있기 때문이다. 하지만 돼지들은 먹이의 유혹을 참지 못하고 그릇에 얼굴을 빠뜨려 사료를 먹기 시작했다.

삼열은 몸을 풀고 나서도 마리아가 일어날 생각을 하지 않자 주방으로 갔다.

아침거리를 찾아보니 어제 저녁에 먹지 못했던 재료들이 그대로 냉장고에 있다.

'쉽겠네.'

그냥 오븐에 넣어 굽고 스프만 끓이면 될 것 같았다. 아침에 먹기에는 다소 과한 음식들이지만 삼열은 아무 생각 없이 아침을 준비했다.

한참 음식을 하는데 줄리아가 눈을 비비며 일어났다.

"아빠, 아빠, 뭐 해?"

"줄리, 잘 잤니? 아침 하는데."

"와아, 아빠가 해?"

"아, 어제 엄마가 다 준비해 놓은 거 오븐에 굽고 스프만 끓이면 돼."

줄리아의 뒤로 제시가 하품을 하며 따라 나왔다. 털갈이를 하고 나서인지 제시는 요즘 상태가 그다지 좋지 않았다.

"아빠, 나 밤에 꿈꿨어."

"그래, 무슨 꿈?"

"에헤헤헤. 두 갠데, 하나는 내가 야구 선수가 되는 거였고, 하나는 왕자님이 나에게 프러포즈하는 거였어."

"커험, 둘 다 현실성이 없구나."

"꿈이잖아."

"그렇지. 네가 너무 똑똑하니 아빠는 당황스럽단다."

"아빠도 충분히 똑똑해, 똑똑해."

삼열은 줄리아를 보며 미소를 지었다.

매일 보고 듣는 것이 야구이다 보니 야구 선수가 되는 꿈을 꾸고, 또 요즘 읽는 동화책의 왕자가 꿈속에서 나오는가 보다.

삼열은 음식이 되는 동안 줄리아를 씻기고 식탁으로 오니 그제야 일어난 마리아가 나왔다.

"어머, 당신이 아침 했어요?"

"물론이지. 재료는 냉장고에 다 있던데."

"와, 멋져요!"

마리아의 눈에서 하트가 마구 튀어나왔다. 삼열은 마리아가 어제의 피곤해하던 모습을 보이지 않자 빙그레 웃었다.

아침을 먹고 나서 삼열은 줄리아를 경호원들에게 맡기고 마리아를 강제로 차에 태워 병원으로 갔다.

"임신입니다. 축합니다."

삼열은 의사의 말에 입이 귀까지 찢어졌다. 남들이 보든 말든 마리아를 꺼안고 온 얼굴에 입을 맞추었다.

"어머, 여보! 얼굴에 침 묻어요."

"더러워?"

"아뇨, 남편 침인데 뭐가 더러워요? 호호. 하지만 하지 마세요. 아기가 당신 보고 웃겠어요."

"배 속의 아기에게 말해줘. 엄마는 내 아내라고 말이지."

말을 마친 삼열이 희희낙락하며 운전을 했다. 그 모습을 보며 마리아가 웃었다.

남편은 아이와 잘 놀아주기는 하지만 그렇다고 아버지로서 유능한 편은 아니다.

하지만 아이를 정말 좋아한다. 행동 하나하나에서 그것이 느껴지니 어린 줄리아도 아빠라면 좋아서 사족을 못 쓴다.

집에 돌아와 줄리아를 껴안고 엄마가 동생을 가졌다고 하니 줄리아가 손뼉을 치며 말했다.

"와, 이제 저녁마다 사랑 안 해도 돼?"

"커험……."

삼열은 어린 딸의 말을 듣고 많이 민망해졌지만 줄리아는 미국인이라 그런지 부모들의 사랑 행위에 대해 담담한 편이었다.

TV에서 너무 그런 내용이 적나라하게 나오니 아이들도 그러려니 하는 모양이었다.

또한 아이들의 성교육도 한국과 비교하면 상당히 빠른 편이니 이해하지 못할 바도 아니었다.

삼열은 점심을 먹기 전까지 마리아를 안고 침대에 누워 도란도란 이야기를 나눴다.

잠시 후에 줄리아가 방문을 열고는 머리만 내밀어 두 사람의 눈치를 살피다가 가만히 둘 사이로 와서 마리아에게 안겼다.

마리아가 줄리아의 등을 토닥이며 눈을 맞췄다. 삼열도 그 모습을 보며 피식 웃었다. 부부가 너무 다정하니 딸이 시샘하는 것이다.

*　　　*　　　*

삼열은 점심을 먹고 연습장을 들르지 않고 곧장 리글리필드로 갔다.

리글리필드에는 이미 대부분의 선수가 나와서 몸을 풀고 있었다. 아침에 내리던 비는 다행스럽게도 그쳤다.

"어서 와, 삼열!"

"삼열, 하이!"

"오우, 퍼펙트게임의 사나이."

동료 선수들이 반갑게 삼열을 맞았다. 어제의 승리가 그들 모두를 즐겁게 만들었다.

월드시리즈 3승 1패. 최강의 팀 양키스를 상대로 얻은 성적이다. 기뻐하지 않을 이유가 없다.

"삼열, 뭐가 그렇게 좋은데?"

"결혼도 하지 못한 놈은 알 거 없어."

로버트가 삼열의 말에 눈을 동그랗게 뜨고 한참 머리를 굴리고는 한마디 했다.

"삼열, 너 둘째 생겼냐?"

"헐!"

삼열은 이 바보 같은 로버트가 자신이 말한 핵심을 짚어내자 적지 않게 놀랐다. 로버트는 이렇게 눈치가 빠른 사람이 아니었다.

"후후, 삼열. 네 얼굴에 다 쓰여 있어."

레리 핀처가 웃으며 말하자 삼열이 멋쩍어서 손으로 머리를 긁었다.

"와우, 축하한다."

"응, 고마워."

삼열이 얼떨결에 축하를 받았다. 레리 핀처가 큰 소리로 삼열이 둘째 아기를 가졌다고 말하자 연습을 하던 선수들이 다가와 축하를 해줬다.

삼열은 기분이 좋아졌다. 지금 이 순간은 자신을 바보라고 욕을 해도 참을 수 있을 것 같았다. 그 정도로 기분이 좋았다.

"야, 그런데 너 오늘 신문 기사 봤어?"

"아니."

"헐~ 대박이었는데. 시합 전에 봐. 난리도 아냐. 어지간한 신문에 네 기사만 4페이지 넘게 나온다."

"그래?"

삼열은 그따위 기자들이 뭐라고 쓴 것 따위는 관심이 없다고 말하고는 쉬는 시간에 은근슬쩍 스마트폰으로 뉴스를 검색해서 읽기 시작했다.

3. 100년 만의 우승

삼열은 스마트폰을 보면서 시시덕거렸다. 그 모습을 보고는 로버트가 고개를 절레절레 흔들었다.

잘난 체는 혼자 다 하더니 꼴랑 신문 기사를 보고는 저렇게 좋아하는 꼴이라니. 한 대 패주고 싶었지만 후환이 두려워서 참았다.

─삼열 강, 메이저리그의 두 번째 퍼펙트게임, 그는 신의 아들인가? 「월스트리트 저널」

─누구도 막을 수 없는 강력한 투구, 삼열 강. 양키스를 침몰시

키다. 「시카고 트리뷴」

　—그라운드의 악동, 컵스의 기적을 일으키다. 「USA투데이」

　—진정 컵스 우승을 할 것인가? 궁금하면 삼열 강에게 물어보라. 「워싱턴 포스트」

　삼열은 그중 가장 재미있는 컬럼을 주의 깊게 읽었다.

　기적을 만드는 사람. 삼열 강에게 빠지는 이유들.

　어제 삼열 강은 일찍이 메이저리그에는 없었던 전무후무한 투구를 했다. 스위치 피처로 경기 중에 손을 바꿔 던졌을 뿐만 아니라 그 어떤 선수도 이루지 못한 두 번째 퍼펙트게임을 이루어냈다.

　9회를 마친 그는 관중들의 환호 속에서 동료와 팬들의 축하를 받았다. 그는 거기서 로버트 매트릭스를 따라 그라운드를 누볐다. 누구도 예상하지 못한 재미있는 광경이었다.

　삼열 강이 이룬 업적만큼 그에 대한 팬들의 사랑은 폭발적이다. 과연 이 어린 선수가 이렇게 할 수 있는 원인은 무엇일까?

　첫째, 사랑. 그는 누구보다 야구를 사랑한다. 늘 야구를 좋아한다고 인터뷰 때마다 하는 그의 말은 거짓이 아닌 진실이다. 그는 투구하는 것 자체를 누구보다도 즐긴다.

　두 번째, 능력. 그는 스스로 인기를 만드는 능력을 가졌다. 그는 월터 존슨만큼 경이로운 기록을 달성할 투수다. 하지만 부드럽고 우아한 월터 경과 달리 강은 장난꾸러기 악동의 이미지를 가졌다.

그는 어떤 선수에게도 양보하지 않지만 아이들에게는 매우 친절하다. 아이를 가진 부모들이 그에게 반감을 가질 이유는 없다.

셋째, 솔직함. 아이를 돕는 것 자체가 마케팅의 일환이라고 당당히 말하는 그의 말은 솔직함을 넘어 뻔뻔스러움의 극치, 그러나 너무나 그 모습이 자연스러워서 오히려 그를 미워할 수 없다.

'나는 마케팅으로 아이들 이용하는 거 맞아. 그래서 누가 손해를 봤어? 아이들은 생명을 얻었어. 그러는 너희는 왜 안 하는데?'라고 말하니, 우리 중에서 그를 비난할 자격을 가진 사람은 누구일까?

넷째, 뛰어남. 타고난 재능이 아닌 노력으로 이룬 업적! 강이 이긴 루게릭병과 엄청난 연습량은 그가 인간일까 하고 의심이 들 정도로 엄청나다. 컵스가 변화한 이유 중 하나가 선수들이 그를 따라 연습을 하다 실력이 늘었다는 것이라고 하니 무슨 말을 더 하겠는가.

다섯째, 가정에서는 사랑스러운 아빠와 남편. 딸이 다쳤을 때 시합을 내팽개치고 관중석으로 뛰어든 과감한 행동은 그가 얼마나 딸을 사랑하는지를 보여주는 점이었다.

미국에서 비교적 인기가 없는 동양인인 강이 이토록 인기 있는 이유는 매우 복합적이다. 하지만 그것이 무엇이 되었든 저절로 생긴 행운은 아니라는 것이다.

당신이 영웅을 사랑한다면, 그렇게 행동하면 된다. 삼열 강은 우리 시대에 다가온 새로운 영웅이다. 함께 가자, 거기엔 즐거운 축제가 아직도 남아 있다.

삼열은 짧은 칼럼을 읽으며 미소를 지었다. 자신에 대해 쓴 기사 가운데 가장 마음에 든 내용이다.

누가 뭐를 했다가 아닌, 사람을 이해하고 분석하려는 노력이 담긴 기사였다.

삼열이 우승을 원하는 것은 그것이 끝이 아니기 때문이다. 야구를 하다 보면 우승을 할 수도 있고 못할 수도 있다.

하지만 삼열이 이토록 간절하게 원하는 것은 컵스의 팬들 때문이다.

100년을 기다려 준 팬들이기에 이제는 선수들도 더 이상 그 열망을 외면할 수 없다.

우승 따위가 뭐 대단하다고 그것을 100년이나 못했단 말인가. 이는 팬들에 대한 예의가 아니다.

선수들이 누리는 연봉, 혜택은 모두 팬으로부터 나온다. 그렇게 많은 팬의 사랑과 많은 연봉을 받으면서도 우승을 100년 동안이나 못했다는 것은 말이 되지 않는다. 한마디로 자격

미달이다.

삼열은 기사를 보고는 자리에서 일어나 다시 연습을 했다. 어제 인터뷰에서 말한 것처럼 승부는 리글리필드에서 끝내야 한다. 우승한다면 여기서. 우승을 100년이나 기다려 준 팬들과 함께 기쁨을 나누어야 한다.

삼열은 공을 던지며 구위를 점검했다. 어제 등판했지만 오늘도 컨디션이 좋았다.

9이닝을 책임질 수는 없지만 한두 이닝 정도는 던질 수 있을 것 같았다.

사실 그의 인간 같지 않은 체력은 9이닝을 던지고도 남았다.

게다가 어제 경기도 좌우의 손을 바꿔 던졌기에 몸에 큰 무리도 주지 않았다. 하지만 정신적으로 몹시 피곤했다.

"와우, 공 좋은데."

레리 핀처가 삼열의 엉덩이를 손으로 툭 치며 말했다. 삼열이 손으로 엉덩이를 문지르며 인상을 썼다.

하지만 노회한 레리 핀처는 삼열의 반응에 신경 쓰지 않고 낮은 목소리로 말했다.

"오늘 던질 건가?"

"아, 네. 뭐, 필요하다면요."

삼열은 레리 핀처와 워낙 나이 차이가 나다 보니 아무리

막 나가는 그라도 화를 내기가 힘들었다.

"젠장, 난 1차전 외에는 월드시리즈에 나가보지를 못했어. 이게 다 재영 하가 너무나 잘해서 그런 거야."

그는 나지막하게 한숨을 내쉬었다. 내년에는 어쩔 수 없이 은퇴해야 할 것이다.

하재영이라는 젊은 선수가 출현했으니 늙고 연봉이 많은 자신을 구단이 부담스러워할 것은 분명하다. 그렇다고 말년에 선수 생활을 1~2년 연장하기 위해 다른 구단으로 가기도 그랬다.

삼열은 그가 무엇을 생각하는지 알 것 같아 가만히 바라만 보았다.

하지만 삼열의 예상과 달리 레리 펀처는 기분이 그다지 나쁘지 않았다. 컵스가 우승한다면 우승 반지를 그토록 갖고 싶어 했던 소망을 이룰 수 있기 때문이다.

우승 반지.

우승 반지는 모든 선수의 꿈이다. 반지를 가지고 은퇴를 하는 것과 아닌 것은 차원이 다른 이야기다. 10개의 우승 반지를 가지고 있는 요기 베라와 같은 선수는 거의 없다. 오히려 단 하나의 반지도 가지지 못하고 은퇴를 하는 선수들이 대부분이다.

시간이 바람처럼 지나갔다. 어제보다도 더 빠르게 관중석이 찼다. 양키스 선수들도 나와 몸을 풀었고 얼마 지나지 않아 시합이 시작되었다.

컵스의 선발 투수는 벅 쇼. 이제 메이저리그 정상급의 투수가 된 그는 JJ.버킨과 맞붙어도 조금도 꿀리지 않았다. 아직까지는 JJ.버킨이 더 명성이 높지만 벅 쇼의 명성도 나쁘지 않았다.

삼열은 더그아웃의 벤치에 앉아 공을 던지는 벅 쇼를 바라보았다. 그리고 그 뒤로는 수많은 관중과 푸른 하늘이 보였다. 싸늘한 날씨가 그라운드를 타고 차갑게 흘렀다. .

타자가 타석에 들어서자마자 벅 쇼가 공을 던졌다.

딱.

초구에 배트를 휘두른 요한 지터의 타구는 하늘을 가르며 날아갔다. 하재영이 공을 보며 따라갔다. 그리고 펜스를 넘어갈 것 같았던 공이 거짓말처럼 재영의 글러브로 빨려들어 갔다.

"휴우."

"간 떨어질 뻔했네."

존 가일이 가슴을 쓸어내리며 안도의 한숨을 쉬면서 말했다. 삼열은 1루에서 물러나는 요한 지터를 보았다. 나이를 먹었음에도 큰 키에 늘씬한 몸을 가지고 있는 그를 보며 바람둥이답다는 생각이 들었다. 192㎝에 89㎏으로 운동선수로서 그는 매우 슬림한 몸을 가지고 있다.

벅 쇼는 추운 날씨 탓인지 제구가 제대로 되지 않는 듯했다.

하지만 컵스의 투수진은 여유가 있다. 1, 4차전에 삼열이 완투를 해버려 중간 계투가 많이 쉴 수 있었기 때문이다.

양키스 선수들은 어제의 실수를 되풀이하지 않으려는 듯 초반부터 강공으로 나오기 시작했다. 2번 타자 그랜더 해머 역시 날카롭게 배트를 휘둘렀기 때문이다. 다만 그가 날카롭게 날아간 타구가 안타깝게도 파울이 되고 말았지만 매우 위협적인 공격이었다.

오늘 벅 쇼는 무척이나 긴장하고 있었다. 차가운 날씨와 뜨거운 홈관중의 응원이 오히려 그에게 부담으로 작용하였다.

꼭 승리해야 한다는 부담감이 그의 몸을 굳게 만들었다.

하지만 그랜더 해머는 한 방은 있을지 몰라도 정확도가 떨어지는 선수다. 벅 쇼가 더 강하게 나갈 필요가 있다.

벼랑 끝에 몰린 양키스는 오늘 패하면 월드시리즈가 끝나기에 사력을 다해 경기에 임했다.

노련한 양키스의 타자들은 추운 날씨에 몸이 덜 풀린 벅 쇼를 노리고 적극적으로 나왔다.

평소 같으면 투수로 하여금 한 개의 공이라도 더 던지게 하려고 끈질기게 승부하려고 했을 타자들이 오늘은 정반대였다.

해머가 결국에는 안타를 치고 나갔다. 그 후 3번 타자 에드 워드 카노가 나왔다.

벅 쇼는 실수했다. 그랜더 해머에게 홈런을 주더라도 그와 승부를 했어야 했다. 카노의 앞에서 주자를 내보낸 것은 명백한 실수였다.

칼스버그가 타임을 부르고 천천히 마운드로 걸어갔다. 긴장한 벅 쇼에게 칼스버그가 웃으며 이야기를 했다.

"쟤네들이 적극적으로 나오니까 공을 좀 빼자. 그리고 몸이 덜 풀렸으니까 바깥쪽 공을 요구할게."

"응, 알았어."

벅 쇼가 안도의 한숨을 내쉬며 대답했다. 홈팀 팬들의 추운 날씨를 녹이는 뜨거운 응원이 리글리필드를 가득 메우고 있었다.

벅 쇼가 유인구를 던지자 카노가 헛스윙하기 시작했다. 하지만 그는 역시 노련한 타자였다. 벅 쇼가 의도적으로 공을 빼고 있음을 깨닫고 신중하게 타격을 했다.

딱.

좌중간을 가르는 안타가 나왔다. 예리한 카노의 선구안을 이길 수 없었던 벅 쇼가 다시 스트라이크를 잡으려다가 안타를 맞은 것이다. 1루에 있던 그랜더 해머가 3루까지 뛰었다.

1사 1, 3루에 벅 쇼가 다시 새로운 타자를 맞이했다. 4번 타자는 A.로드만.

예전만 못하지만 썩어도 준치라는 말이 있듯이 그는 외야 플라이를 때려내던 그의 타구 때문에 그랜더 해머가 가볍게 홈을 밟았다.

벅 쇼는 몸을 움직이며 속으로 중얼거렸다.

'문제없어. 몸이 아직 덜 풀렸을 뿐이야.'

그의 말처럼 구위 자체는 나쁘지 않았다. 직구는 빠르고 묵직했고 커브는 각이 예리했다. 다만 몸이 덜 풀려 제구가 제대로 되지 않고 있었다.

평소보다 몸을 더 풀고 나왔음에도 불구하고 정작 마운드에 서자 몸이 굳어진 것이다. 아침에 내린 비가 기온을 갑자기 끌어내린 탓이다.

"워, 벅 쇼가 애를 먹는데요."

"그렇군. 양키스 타자들이 워낙 노련하니까 벅 쇼의 약점을 빠르게 캐치를 한 것이지. 나라도 초반에 승부하려고 했을 것이야."

"흠, 경기는 공평한 것이죠. 우리 팀이 불리한 것은 상대 팀에게도 불리한 것이니까요."

"그렇긴 하지. 하지만 양키스에게는 내일이 없어. 오늘 모든 화력을 집중할 것이야. 그래서 양키스타디움에서 6차전을 하려고 하는 것이겠지."

"그러면 곤란한데."

"그렇지. 우승이 바로 눈앞에 있는데 거기까지 가면 곤란하지. 뉴욕까지 가면 또 어떻게 될지 몰라. 월드시리즈는 단기전이니까."

"그렇죠. 하지만 양키스는 챔피언십시리즈에서 7차전까지 경기를 하고 올라왔어요. 여유가 많지 않을 것이에요."

"…그렇긴 하지."

삼열은 초조한 마음으로 마운드를 바라보았다. 다행히 이번에는 벅 쇼가 5번 타자 마크 바이런을 삼진으로 잡았다. 일단 양키스의 기세는 어느 정도 막았기에 안심이 되었다.

벅 쇼가 더그아웃으로 들어오자 컵스의 선수들이 그의 등을 두드려주며 격려를 했다. 팀 분위기가 좋다 보니 잃은 점수보다 다음 이닝을 염두에 둔 것이다.

벅 쇼가 삼열의 곁에 앉았다. 옆에 에밀리가 있었지만 그를 밀치고 삼열의 옆에 앉은 것이다.

"왜에?"

"내가 5이닝 정도 버티면 나머지 이닝을 책임질 수 있겠어?"

"응……?"

"5차전에서 끝내자며? 저놈들 이를 악물고 나왔어. 네가 마무리를 해줬으면 해. 어제 던졌다는 말 따위는 하지 마.

난 네가 괴물이라는 것을 알고 있으니까. 적어도 한두 게임은 더 던질 수 있는 체력이 비축되어 있다는 것을 알고 있어."

벅 쇼의 말대로 삼열은 한두 경기쯤은 더 던질 수 있는 체력이 비축되어 있었다. 정규시즌이라면 벅 쇼는 이런 말을 하지도 않았을 것이고, 삼열도 말을 듣자마자 미쳤냐고 반문했을 것이다.

하지만 월드시리즈 마지막 경기가 될 수도 있는 5차전 경기이기에 삼열은 반박하지 못했다. 벅 쇼의 말대로 여기서 끝내는 것이 가장 좋았다.

"일단 5이닝까지 잘 버텨봐."

"정… 말? 괴물 새끼, 진짜였구나."

삼열의 말을 들은 벅 쇼가 질린 표정으로 삼열을 바라보았다. 그럴 것이라고 짐작하고 한 말에 삼열이 바로 긍정을 하자 자신의 귀로 들은 말이 믿어지지 않을 정도였다.

투수가 한 경기를 던지고 나면 거의 탈진에 가까운 몸상태가 된다. 공을 던지는 것 자체가 그렇게 힘든 일이다.

그래서 현대 야구에서는 5일 등판이 공식처럼 되어 있지 않은가.

하지만 야구를 두고 농담을 할 삼열이 아니라는 것을 알고 있는 벅 쇼는 허탈하게 웃으며 주먹에 힘을 주었다.

자신도 이제는 제법 메이저리그에서 대접을 받는 투수가

되었지만 정말 이 괴물 같은 놈은 차원이 달라도 너무나 달랐다.

삼열은 빅토르 영이 JJ.버킨의 공을 커트해 내는 것을 보며 히죽 웃었다. 어제 마리아와 보낸 시간이 생각났기 때문이다.

"삼열, 너 야한 생각했지?"

"아니, 아내의 몸을 상상했는데 그게 뭐가 야해?"

"헐~ 대박이다."

자기 아내 몸을 생각했다고 하니 주위에서 아무 말도 하지 못한다. 둘째를 가지게 되었다고 점심시간 이후부터 얼굴에서 웃음이 떠나가지 않은 삼열의 얼굴을 보는 로버트의 마음은 이상야릇했다.

이제는 그도 결혼하고 싶어졌다. 동생들과의 같이 보내는 생활에 불만이 있는 것은 아니지만 삼열의 행복한 가정을 보면 자신도 그런 가정을 하루빨리 가지고 싶어졌다.

"로버트, 부러우면 지는 거다."

"져도 좋아. 나도 결혼하고 싶어."

"엉?"

목소리가 커서인지 삼열도 로버트의 말을 알아들었다. 그러고는 느끼한 눈빛으로 로버트를 바라보았다.

"헤이, 로버트. 부러워?"

"그래, 엄청 부럽다. 왜, 난 부러워하면 안 돼?"

"아니, 뭐……."

너무 노골적으로 말하는 로버트의 말에 삼열은 입을 열 수 없었다. 그러나 속으로 이 순진한 놈은 여자를 잘 만나야 하는데 하는 생각을 했다.

적어도 그의 아내는 세상 물정에 무지한 그를 비웃지 않아야 하고, 두 번째로는 그의 동생들과도 잘 지내야 하는 착한 여자여야 했다.

하지만 로버트와 같은 고액 연봉자의 주변에는 그런 여자가 많지 않았다. 아니, 거의 없었다.

'마리아에게 여자를 소개해 달라고 할까?'

삼열은 로버트를 마음 깊이 아꼈다.

그가 부모를 모두 잃은 것에 깊은 동병상련의 감정을 느끼고 있고 동생을 아끼는 모습에서는 부러움마저 가지고 있었기 때문이다.

여자 하나 잘못 만나 그의 평화로운 생활이 무너지는 것은 보고 싶지 않았다.

빅토르 영이 내야 플라이로 아웃되고 나자 2번 타자 스트롱 케인이 나왔다. 역시 노련한 JJ.버킨은 이미 충분히 몸을 풀고 나와서인지 공을 던지는 데 어려움을 겪지 않고 있었다.

하지만 컵스의 타자들은 그런 그를 오늘은 제대로 공략할 것이다. 극도로 사기가 오른 컵스의 선수들은 하고자 하는 의욕과 자신감으로 충만해 있었기 때문이다. 그 예로 빅토르 영은 더그아웃으로 들어오면서도 표정이 무척이나 밝았다.

"스트롱 케인, 넘겨 버려. 하하하."

"베이비, 홈런 치면 내가 여자 소개시켜 준다."

스트롱 케인은 레리 핀처의 말에 고개를 뒤로 돌렸다. 그는 레리 핀처의 여동생에게 마음을 주고 있었다.

레리 핀처와 스트롱 케인은 모두 도미니카공화국 출신이라 통하는 것이 많았다. 그리고 레리 핀처의 여동생은 무척이나 섹시하면서도 아름다웠다.

삼열도 한번 보았는데 상당히 매력적인 여자였다. 레리 핀처와도 나이 차이가 많이 나서 스트롱 케인과도 잘 어울릴 것 같았다.

"저 자식, 왠지 일을 터뜨릴 것 같은데."

"레리 핀처, 아무래도 저 녀석 홈런 치면 여동생 소개시켜 달라고 할 것 같은데."

"오우, 노우. 레이나는 안 돼. 저런 놈팡이에게 절대 줄 수 없어!"

"쟤가 어디가 어때서? 돈 잘 벌지, 얼굴 귀엽게 생겼지. 그리고 정력도 좋은 것 같으니 동생이 싫어할 것 같지 않은데."

"그… 럴까?"

삼열과 레리 핀처가 이야기를 하는 동안 스트롱 케인이 배트를 휘둘렀다.

딱.

공이 맞는 순간 굉장한 속도로 날아갔다. 모두 좋아하는데 유독 레리 핀처만 이를 어쩌지 하는 애매모호한 표정을 지었다.

"홈런! 와우, 예쁜 녀석 같으니라고."

"호옴~ 런!"

컵스의 더그아웃에서는 환호와 박수가 터져 나왔다. 스포츠라는 것이 실력도 중요하지만 기세라는 것은 더 중요하다. 한번 사기가 오른 컵스의 선수들은 양키스를 절대로 두려워하지 않았다.

"이제 네 동생 레이나를 소개시켜 줘야겠네?"

"글쎄, 요즘 레이나가 만나는 남자가 있는 것 같던데."

"헐~"

레리 핀처는 자신의 여동생을 소개시켜 주기 싫은지 발뺌을 했다. 역시 오래 묵은 생강이 매운 법이다.

마운드에서는 JJ.버킨이 허탈한 표정으로 바닥을 바라보고 있었다.

그는 손등을 다쳤기에 등판을 하루 늦췄었다. 따라서 삼열과 마주 상대를 하지 않아도 되었고 이는 양키스에게 어느 정도 유리하게 작용할 요소였다.

하지만 막상 경기를 시작하자 컵스의 타자들이 만만치 않았다.

작은 부상에도 선수들의 심리 상태는 매우 예민해지고 위축되기 쉽다.

JJ.버킨과 같은 베테랑 선수는 자신을 더 잘 컨트롤할 수 있지만, 지금은 3승 1패로 양키스가 불리한 상황이라 방금 얻어맞은 홈런은 평소와는 전혀 다른 부담감으로 다가왔다.

실점 후에 스트롱 케인이 바로 따라잡는 홈런을 때리자 컵스의 선수들은 자연히 사기가 올랐다. 이와 반대로 양키스의 선수들은 믿었던 에이스가 너무 쉽게 점수를 내주자 기운이 빠진 듯했다.

"워, 이거 오늘 감이 좋은데."

존 가일이 벅 쇼의 어깨를 두드리며 이야기를 하였다. 사실 두 사람은 은근히 라이벌 의식이 있어 평소에는 이렇게 살갑게 말하는 사이가 아니었지만 우승이 눈앞에 있자 친근하게 이야기했다.

벅 쇼도 어색한 표정을 지었지만 존 가일의 격려가 싫지는 않았다.

스트롱 케인이 홈베이스를 밟고는 더그아웃에 들어오자 컵스의 선수들은 모두 그를 환영했다.

"레리 핀처, 여자 소개시켜 준다는 말 어기면 안 돼요."

스트롱 케인은 레리 핀처의 동생에게 어지간히 꽂혔는지 더 그아웃에 들어오자마자 그에게 다짐을 받으려고 했다.

"알았다, 자식아! 우리 마누라 어때? 요즘 심심하다고 영계를 찾는 것 같던데 말이지."

"억! 말도 안 돼요. 아기도 셋이나 있잖아요."

"걱정하지 마. 걔네들 거의 다 컸어."

스트롱 케인이 울 것 같은 표정으로 바라보자 레리 핀처가 피식 웃었다.

"레이나에게 남자친구가 없으면 말은 해볼게."

"정말이죠?"

"그래. 은퇴하기 전에 우승 반지 꼭 얻고 싶다. 그러니 다음 타석에도 홈런을 치란 말이야."

"하하하."

스트롱 케인이 호탕하게 웃음을 터뜨렸다.

하재영은 이번 타석에서는 삼진으로 물러났다.

하지만 4번 타자 존리에게 2루타를 맞으며 JJ.버킨은 다시 흔들리기 시작했다.

"하아~ 저 자식은 미운데 정말 잘한단 말이야. 자뻑이 심하고 거만한 것이 문제지만."

"저 정도 실력이면 그래도 돼요."

"실력이 있으면 거만해도 되면 삼열이는 구단주와 같이 놀 겠네?"

"그럴 리가. 하하하."

선수들의 몸값이 높고 인기가 많아도 구단주와는 비교 자체가 불가능하다. 억만장자가 아니면 하기 힘든 게 구단주다.

최근에는 몇몇 구단주들이 메이저리그에 투자해서 재미를 톡톡히 보고 있기는 했다. 선수들의 몸값이 최근 몇 년 동안 폭등하면서 구단의 가치도 덩달아 올랐다.

컵스를 9억 달러에 매입한 톰 리온 구단주도 재미를 본 사람 가운데 하나다.

물론 LA다저스의 프랭크 맥코트만큼 대박을 맞은 것은 아니지만 전국적인 인기를 가지고 있는 요즘의 컵스 구단이라면 족히 15억 달러 이상에 되팔 수 있을 것이다.

5번 타자 헨리 아더스가 안타를 치자 2루에 있던 존리가 빠르게 홈으로 파고들었다. 외야에 있던 커티스 그레이크가 공을 잡아 빠르게 홈으로 송구했지만 조금 늦었다. 그사이 아더스가 2루로 진루를 할 수 있었다.

2 : 1.

컵스가 1회 말에 양키스를 상대로 역전에 성공했다.

삼열은 새삼스러운 눈으로 천재적 재능을 가진 존리를 바라보았다.

2아웃이라 스타트가 빠를 것은 예상했지만 그는 정말 뛰어난 주루 플레이를 했다. 안타를 치는 순간 그의 몸은 거의 3루에 가까이 도달해 있을 정도로 빨랐다. 그리고 홈으로 파고들 때도 러셀 훈트 포수의 미트를 교묘하게 피하여 발로 홈 베이스를 밟았다. 그 모습이 얼마나 교묘했는지 보는 사람들은 긴장감을 하나도 느끼지 못할 정도였다.

'저 녀석은 타고났군!'

삼열은 벤치에 앉아 있는 존리의 잘생긴 얼굴을 잠시 바라보았다.

장타율만 더 있었으면 족히 베이브 루스급의 선수가 될 터인데 아직은 홈런이 약했다. 올해 35개의 홈런을 기록했지만 아직 대형 홈런 타자라고 말하기에는 무리가 있었다.

하지만 베이브 루스만큼 거만한 성품을 지닌 것은 정말 부인할 수가 없다.

삼열은 그의 타고난 재능을 보며 잠시 부러움을 느꼈다. 하지만 이내 자신이 그런 재능을 가지지 못했기에 지금은 메이저리그 최고의 투수로 군림할 수 있게 된 것이라고 생각했다.

재능이 없기에 죽으라고 연습에 연습을 거듭했고, 그 결과 누구도 무시할 수 없는 실력을 갖추게 되었다.

천재적 재능이라도 결코 뜨거운 열망을 가진 비전(Vision)의 사람을 이길 수 없다.

소원하고 바라면, 이루어진다는 것을 믿어야 한다. 진보하기를 원하는 사람이라면 누구라도.

                    *   *   *

6번 타자 로버트가 내야 땅볼로 아웃되면서 1회가 끝났다. 리글리필드는 뜨거운 함성으로 가득했다. 시작부터 두 팀이 치고받으니 그것을 지켜보는 관중들은 재미가 있을 수밖에 없었고 자연 응원은 뜨거워졌다.

삼열은 리글리필드를 가득 메운 관중들이 대부분 파워 업 티셔츠를 입은 것을 보고 감격했다.

돈을 좋아하는 그는 어느 순간부터 파워 업을 외치는 팬들을 보고 재빠르게 티셔츠를 만들어 팔았다.

마리아가 노블리스 오블리제를 강조하기에 수익금의 일부를 아이들의 병을 고쳐주는 데 사용했다. 그래서인지 티셔츠는 더 잘 팔려나갔다.

올해는 도대체 몇 장의 티셔츠가 팔렸는지 모르지만 마리아에게 엄청나게 많이 팔렸다는 말을 들었다.

결산이 3개월마다 이루어지기에 최근의 판매량을 예측하

기는 어렵지만 리글리필드를 가득 메운 사람들 모두 파워 업 티셔츠를 입고 있으니 올해의 매출을 기대해 봐도 좋을 것이다.

'이제 월드시리즈가 끝나면 스티브 맥클레인을 만나봐야겠어.'

스티브는 마리아나의 아버지로 월가에서 일한 경험이 있다. 마리아나가 아팠을 때는 사직을 하고 집에 있었지만 지금은 다시 월가로 돌아갔을지도 모른다.

삼열은 아버지를 누구보다 사랑했던 천사 같은 아이를 생각하니 가슴이 먹먹해졌다.

휴스턴에 살면서도 삼열의 팬이었던 어린 소녀. 죽음을 앞두고서도 아빠를 걱정했던 착한 그녀. 삼열은 어떤 연유인지는 모르지만 아주 가끔 그녀가 생각나곤 했다. 딸 줄리아가 커 갈수록 더욱 그랬다.

그래서인지 스티브 맥클래인의 마음을 이제는 알 수 있을 것 같았다. 사랑하는 딸을 잃은 아버지의 마음은 그 무엇과도 비교할 수 없을 것이다.

이후 경기는 난타전으로 흘렀다. 컵스가 도망가면 양키스가 따라오고 해서 5회에 5 : 4가 되었다.

두 팀의 투수들이 못 던진 것이 아니라 타자들이 죽기 살기로 배트를 휘둘렀기 때문에 점수가 많이 나온 것이다.

삼열은 슬며시 일어나 불펜으로 가서 말없이 공을 던졌다. 그러자 샘 잭슨 투수 코치가 나와 삼열이 왜 공을 던지는지 물었다.

"삼열, 오늘 공을 던지려고?"

"네. 5차전에서 끝내야죠. 구질구질하게 7차전까지 갈 이유가 없잖아요."

"하지만 너는 어제 완투를 했어. 오늘 던지면 네 어깨에 무리가 갈 수 있어. 승리를 위해 몸을 혹사하는 것은 좋지 않아."

삼열은 샘 잭슨의 말에 빙그레 웃었다. 확실히 그는 훌륭한 투수 코치 이전에 좋은 사람이었다. 남들 같으면 내년에 삼열이 부진을 하거나 부상을 입더라도 일단은 우승을 위해서 마운드에 세울 터인데 자진 등판을 하겠다는데도 그의 몸을 걱정해 주고 있었다.

"어제 나눠서 던져서 괜찮아요."

"아~"

삼열의 말에 그제야 샘 잭슨은 그가 6회까지는 오른손으로 던지고 9회까지는 왼손으로 던진 것을 기억해 냈다. 그렇다 하더라도 하루도 쉬지 않고 바로 등판하는 것은 쉬운 일이 아니다. 오늘은 쉬면서 회복 훈련에 주력할 때다.

"걱정하지 않아도 돼요. 티셔츠를 그렇게 많이 팔아먹었으면 팬서비스도 제대로 해야죠. 난 마크 프라이어가 아니에요."

"흐음, 네가 그렇게까지 말하니 감독님에게 말해보겠네."

샘 잭슨이 그렇게 이야기를 하고 잠시 찰리 덕을 불러 이야기를 했다. 아마도 삼열의 공을 받은 그에게서 삼열의 구위를 확인하려는 것 같았다.

"휴우~"

5회가 끝나자 벅 쇼가 지친 표정으로 더그아웃을 향해 터벅터벅 걸어 내려갔다. 몸이 물 먹은 솜뭉치처럼 무거웠다.

오늘은 구위가 나쁘지 않았음에도 불구하고 양키스 타자들에게 난타를 당했다. 다행스러운 것은 컵스의 타자들도 같이 점수를 내주고 있다는 점이었다.

삼열은 몸을 충분히 풀고 더그아웃의 벤치로 갔다. 그사이 컵스의 공격이 끝나가고 있었다.

"헤이, 이제부터 나에게 맡겨봐."

삼열이 벅 쇼의 어깨를 툭 치자 그가 고개를 들고 괴물을 바라보는 듯한 표정을 잠시 지었다. 자신도 혹시나 해서 부탁을 했었는데 설마 진짜로 등판을 할 줄은 몰랐던 것이다.

5 : 4.

컵스가 이기고 있지만 1점 차의 리드라 조심스러운 경기였다. 하지만 삼열은 그다지 신경 쓰지 않았다. 이길 만하면 이길 것이고 아니면 어쩔 수 없는 것이다.

6회 초가 되자 삼열은 마운드로 천천히 걸어 올라갔다. 그러자 리글리필드는 큰 소동에 빠졌다.

　어제 등판한 선수가 다음 날에 나오다니 믿을 수 없는 일이었다. 관중뿐만 아니라 양키스 선수들조차 놀란 표정으로 삼열을 바라보았다. 그것도 9회까지 완투한 투수 아닌가?

　삼열은 마운드에 서서 고개를 쳐들었다. 특유의 거만한 표정을 지으며 턱을 손으로 쓰다듬었다. 관중석의 사람들은 너무 놀라 어떻게 된 일인지 알아보려고 일어서서 삼열을 바라보았다.

　베일 카르도 감독 역시 삼열이 나가겠다는 말을 듣고 경악했지만 샘 잭슨 투수 코치에게 구위가 좋다는 말에 설마 하면서도 내보냈다.

　한두 이닝만 막아도 좋다고 생각했다. 이미 불펜진은 대기 중이었다. 그들이 1이닝씩만 막아도 오늘 남은 경기는 충분하다.

　문제는 투수가 양키스의 타자를 압도해야 한다는 것이다. 그런 면에서 삼열만큼 좋은 카드도 없다. 그는 어제 퍼펙트게임을 이룬 투수다. 자연히 양키스 타자들은 그를 두려워할 것이 분명했다. 양키스의 선수들이 정신을 차리고 전열을 가다듬기에는 시간이 부족했다.

'그래, 기적을 한번 지켜보자.'

베일 카르도 감독은 삼열을 바라보며 언제든지 투수를 바꿀 수 있도록 불펜진들에게 지시를 해놓았다.

장영필 아나운서는 삼열이 마운드에 올라오자 놀라 소리를 질렀다.

―아, 이게 무슨 일인가요? 강삼열 선수가 마운드에 섰습니다! 어제 퍼펙트게임을 달성한 선수가 오늘 경기에 나오다니, 이 무슨 일입니까? 이거 듣도 보도 못한 일인데요. 이럴 수 있는 겁니까?

장영필은 삼열의 건강이 걱정되었다.

그도 역시 너무나 유명한 마크 프라이어와 케리 우드의 사건을 기억하고 있기 때문이다.

그들이 혹사만 당하지 않았다면 아직도 메이저리그에서 정상급 투수로 활약하고 있을 것이라는 생각을 하자 도저히 컵스를 이해할 수 없었다.

―사실 이런 일이 메이저리그에 없었던 것은 아닙니다. 1900년대 초에는 비일비재했었죠. 하지만 그때는 공이 소프트볼이었고 투구 폼도 요즘과는 전혀 달랐습니다. 또 공이 비탄력적이라 멀리 나가지 않아서 투수들이 요즘처럼 전력으로 던지지 않아도 되었었으니까요. 통산 373승을 한 피터 알렉산

더는 1926년 월드시리즈에 나가 2차전 완투승, 6차전은 2실점을 하며 완투승을 하였습니다. 술을 좋아하는 그는 그날 만취하여 다음 날 7차전 경기에서는 더그아웃에서 잠을 자고 있었죠. 그러나 7차전 7회 2사 만루의 위기상황이 오자 로저 혼비스 감독은 그를 마운드에 세웠습니다. 전날 과음한 그였지만 공 4개로 토니 라제리를 삼진으로 잡았고 이후 2이닝을 무실점으로 막아 3 : 2 승리를 거두었죠.

　―아, 그런 일이 있었군요. 하하, 정말 메이저리그에는 기인이 많네요.

　―공을 던지는 강삼열 선수의 표정이나 칼스버그 포수의 반응을 보니 구위는 괜찮은 모양입니다. 아마도 삼열 선수는 몸을 사리기로 유명한데 자신의 몸을 체크도 안 해보고 나왔을 리는 없을 겁니다.

　―아, 그러면 다행이지만……. 아무쪼록 부상이 없었으면 좋겠습니다.

　마리아는 저녁 준비를 하고 있었다. 줄리아가 거실에서 동물들과 놀고 있다가 '앗, 아빠다. 아빠야!' 하고 소리를 지르자 제시가 '멍멍' 하고 짖었다.

　마리아는 줄리아의 외침을 듣고 이상한 생각이 들었다. 벤치에 앉아 있으니 카메라가 삼열을 잡을 수 있다고 생각했는데 줄리아의 반응이 너무 적극적이었다. 그래서 가스렌즈에 음식을 올려놓은 체 고개를 들어 거실을 바라보았다. 삼열이 마운드에 서서 공을 던지고 있었다.

"오, 맙소사!"

마리아는 너무 놀라 음식이 타는 것도 모르고 TV에 비친 남편을 바라보았다. 신나서 방방 뜨는 딸과는 달리 그녀는 남편의 건강이 몹시 염려되었다.

"앗, 엄마. 냄새나!"

"어, 아, 어머나."

마리아가 놀라 가스불을 껐을 때는 이미 음식이 모두 타버린 뒤였다. 음식 타는 연기가 주방에 가득했다.

"엄마, 불났어?"

"아냐, 음식이 좀 탔을 뿐이야."

"음식이 탔을 뿐이래. 탔을 뿐이래."

"멍, 멍!"

줄리아가 거실의 문을 열어놓자 주방의 연기가 그리로 빠져나갔다.

"히히히. 난 불난 줄 알았는데. 그치?"

"멍, 멍!"

"꿀꿀, 꾸울."

돼지와 개가 일제히 짖기 시작했다. 마리아는 머리가 아파왔다.

"줄리, 시끄러워."

"웅. 조용히 해. 아빠가 공 던지잖아."

"멍."

줄리아의 말에 제시가 소파 아래에 배를 내밀고 앉았다. 그러자 돼지 두 마리도 옆으로 와 얌전하게 TV를 보기 시작했다.

*   *   *

삼열은 마운드에서 오른손으로 던졌다. 연습구를 던져보니 오늘은 커터가 각이 조금 밋밋할 뿐이지 문제 될 것이 없었다.

문제는 추운 날씨에 손가락이 굳는 것이 문제였지만 그 역시 걱정하지 않아도 되었다. 심장에 새겨진 불의 씨앗이 날씨가 추워지자 온몸을 돌아다니기 시작한 것이다.

첫 타석은 3번 타자 에드워드 카노. 첫 타석에 가장 까다로운 타자가 걸렸지만 삼열은 지체하지 않고 공을 던졌다. 공이 빠르게 날아가 포수의 미트에 박혔다.

펑.

"스트라이크."

전광판에는 100마일의 구속이 적혀 있었다. 걱정하던 팬들이 그의 빠른 구속에 안심하면서 마운드를 지켜보았다.

카노는 삼열의 공을 보고 혀를 내둘렀다.

낮은 직구인데 공이 너무 빨랐다. 날씨가 추워서인지 평소보다 더 빨라 보이는 착각마저 들었다. 그리고 간간이 외야 쪽에서 불어오는 바람 때문에 타격하는 데 어려움을 느꼈다.

바람을 맞이하고 타격을 하는 것은 타자로서 원하는 바가 아니다. 장타가 나올 가능성도 줄어들고 수비진에게 타구가 잡힐 가능성이 더 높아지기 때문이다.

다시 공이 지나갔다.

펑.

"스트라이크."

이번에는 몸쪽에서 바깥쪽으로 휘어지는 공이었다. 삼열이 공을 던지자마자 관중석에서 박수가 터져 나왔다.

스크루볼이었다. 좌타자인 카노의 입장에서는 공이 엄청나게 바깥쪽으로 휘어져 나갔다. 그리고 그 공이 위에서 아래로 떨어지는 것도 너무나 심하여 감히 타격할 엄두조차 나지 않았다.

'이 괴물 자식. 어디서 이런 게 나와서.'

카노는 다시 타석을 벗어나 배트를 휘둘렀다. 추위에 몸이 굳어지지 않게 하기 위해 평소보다 더 열심히 휘둘러보았다.

그리고 다시 타석에 들어섰다.

하지만 삼열은 침착하게 공을 던졌다.

펑.

"스트라이크."

3구 삼진.

카노가 삼진으로 물러나자 양키스의 더그아웃의 분위기는 차갑게 식어갔다.

점수도 지고 있는데 메이저리그 최강의 투수가 나왔으니 바로 의욕이 상실되었다.

조 알렉산더 감독은 아무도 모르게 나직하게 한숨을 내쉬었다. 오늘 경기는 실력에서도 지고 작전에서도 졌다. 설마하니 어제 던진 투수가 오늘 다시 나올 줄이야 어찌 그가 예측하겠는가.

하지만 오늘 경기를 잘못하면 월드시리즈의 마지막 경기가 되기에 양키스는 반드시 이겨야 한다. 그러지 못하면 끝이다.

'후우~ 확실히 저 녀석은 괴물이군!'

조 알렉산더 감독은 마운드에서 거만한 표정으로 공을 던지고 있는 삼열을 바라보았다.

확실히 탐이 났다. 올해 정규시즌에서 27승을 거둔 투수다. 그리고 어제까지 월드시리즈에서 2승을 했다. 디비전시리즈와 챔피언십시리즈까지 포함하면 도합 6승이나 한 괴물. 그것도 대부분 완투승을 거두었다.

역사상 가장 뛰어난 투수 가운데 한 명으로 꼽히는 월터 존슨은 그가 거둔 417승 가운데 완투승이 무려 110개로 메이저리그 역대 최고다. 진정한 이닝이터인 월터 존슨만큼이나 삼열은 최고의 투수라고 할 수 있다.

평균 자책점이나 피안타율에 있어서 삼열은 역대 그 어떤 투수와 비교를 할 수 없을 정도로 완벽한 투수다.

'어디서 저런 놈이 나타나서.'

생각하면 할수록 입이 바삭바삭 말라왔다.

알렉산더는 삼열이 FA가 1년밖에 남지 않은 것을 알고는 마음이 초조해졌다.

컵스 구단에 더 있거나 아니면 내셔널리그에 있으면 그나마 괜찮지만 혹시라도 아메리칸리그로 온다면? 생각만 해도 아찔해졌다.

반드시 삼열을 잡아야겠다고 생각을 하며 알렉산더 감독은 고개를 돌렸다. 그의 공에 속수무책으로 당하는 양키스 타자들의 모습이 눈에 들어왔다.

A.로드만이 내야 땅볼, 마크 바이런이 삼진을 당하며 공수가 교대되었다.

"오우! 저 녀석, 진짜 괴물이군."

양키스의 더그아웃에서는 삼열의 놀라운 투구에 질려버린

타자들이 고개를 절레절레 흔들었다.

삼열이 마운드에서 내려오자 1분도 지나지 않아 비가 추적추적 내리기 시작했다. 빗줄기가 굵지는 않았지만 내리는 모양이 쉽게 그칠 것 같지 않았다. 관중들이 비를 피하려고 자리를 이동하면서 장내가 잠시 소란스러워졌다.

심판진들이 모여 짜증 난 얼굴로 하늘을 바라보았다. 계절은 겨울로 접어들고 있었기에 비가 피부 속으로 파고들 때마다 차갑고 서늘한 느낌이 들었다.

컵스에서 2명의 타자가 아웃되고 나자 빗줄기가 굵어지면서 이내 쏟아지는 비로 인해 경기가 중단되었다. 진행요원들이 뛰어다니며 방수포로 그라운드를 덮기 시작했다.

"대책이 없네. 이놈의 비, 하필 이기고 있을 때 올 게 뭐람."

"그러게."

"이러다가 잘못되는 거 아니겠지?"

컵스의 선수들이 더그아웃에 모여 걱정스러운 눈으로 그라운드를 바라보며 잡담을 나눴다. 초조하기는 양키스의 선수들이 더했다.

5이닝을 넘겼기에 우천으로 경기가 중단되면 그대로 경기가 끝나기에 양키스의 선수들은 불안한 눈으로 하늘을 바라보았다.

우울한 날씨였다. 그것은 이기고 있는 컵스나 지고 있는 양키스나 마찬가지였다. 우중충한 하늘이 사람들의 마음을 침울하게 만들고 있었다.

삼열도 어깨가 식는 것을 막기 위해 어깨를 돌리며 점퍼를 껴입었다. 어쨌든 오늘 경기에 결판이 날 것 같기는 하였다.

30분 후에 비가 그쳤다. 관중 중 일부는 그대로 집으로 갔는지 아니면 경기장 내에 있는 카페테리아나 햄버거 코너에서 시간을 보내는지 뜨거웠던 응원이 비로 인해 식어버렸다.

JJ.버킨은 비로 인해 오래 쉬어서 교체되었고 새로운 투수 제르미아가 마운드에서 공을 던지기 시작했다.

양키스에서 가장 많은 경기인 80경기에 나와 7승 2패를 한 그는 중간 계투진에서는 가장 믿을 수 있는 투수였다. 196㎝에 95㎏으로 삼열과 신장과 몸무게가 비슷하였다. 얼굴은 물론 제르미아가 더 잘생겼다.

좌투수인 그가 공 3개로 깔끔하게 칼스버그를 삼진으로 잡았다.

높은 몸쪽 공에 칼스버그가 배트를 휘두르다가 중간에 멈췄는데 주심은 배트가 돌아간 것으로 판단하고 1루심에게 물어보지도 않고 아웃을 선언했다. 사실 그것은 의심의 여지가 없는 아웃이었다.

삼열이 마운드로 올라가려는데 샘 잭슨 투수 코치가 다가

와 어깨의 상태를 물어봤다.

"괜찮아요."

"그래, 이상이 있으면 망설이지 말고 말해. 우리에겐 이 경기가 마지막이 아니야."

"하지만 마지막이 되게 만들어야죠."

삼열의 결연한 태도에 샘 잭슨 코치가 삼열의 어깨를 두드려주고 내려갔다.

삼열은 빌 네빌을 삼진, 라울 이바네츠를 내야 뜬공으로 아웃을 만들었다. 다음 타자는 러셀 훈트. 그는 올해 132경기에 나와 89개의 안타를 때렸다. 그중 홈런이 21개로 타율은 0.211이다.

그는 177㎝의 비교적 단신인 포수다. 174㎝의 요기 베라와는 포지션이 같고 키도 비슷하지만 성적만큼은 비교할 수 없을 정도로 차이가 난다.

요기 베라는 선구안은 형편이 없었지만 어떠한 상황에서도 안타를 만들어 내는 능력은 탁월하였다. 그래서 볼을 쳐서 홈런을 만들기도 했다. 하지만 러셀 훈트는 선구안도 배팅 실력도 좋지 않은 타자였다.

삼열은 공을 던졌다. 공이 손가락을 벗어나는 순간 공의 회전에 문제가 생긴 것을 알았다. 마틴은 가운데로 정직하게 날아오는 95마일의 공을 그대로 노려서 쳤다.

딱.

삼열은 공이 배트에 맞는 순간 담장을 넘어갈 것을 깨달았다. 관중들도 소리를 듣고 벌떡 일어났다. 공이 멀리멀리 날아갔다.

"홈런~ 홈런!"

"와우, 홈런이야."

3루에 있는 양키스의 팬들이 일어나 박수를 쳤다. 이에 반해 대다수의 컵스의 팬은 깊은 침묵으로 빠져들었다. 가장 믿었던 투수가 방화범이 된 것에 놀라 그저 그라운드를 바라만 보았다.

더그아웃에 있던 레리 핀처가 나직하게 한숨을 쉬었다. 조금 떨어진 의자에 앉아 있던 벅 쇼가 두 손으로 머리를 감싸고 고개를 숙였다.

삼열은 칼스버그에게 공을 받아 손으로 실밥을 눌러보았다. 습기를 머금은 공이 무척이나 미끄러웠다.

'조금 더 강하게 공을 잡아채야겠군.'

삼열이 흔들리지 않고 담담하게 마운드에 있자 칼스버그도 자리를 지켰고 컵스의 코치진도 그대로 있었다. 어차피 오늘 경기는 난타전으로 치러지고 있는데 1점을 더 내줬다고 바로 투수교체를 할 수는 없었다.

5 : 5.

7회 초에 동점이 되자 양키스의 더그아웃에서는 분위기가 살아났다. 이길 수 있을 것이라는 가느다란 희망이 선수들 사이에서 번져 나갔다.

삼열은 마운드에서 뛰고 있는 러셀 훈트를 보며 주먹을 꽉 쥐었다.

너무 방심했다. 타율이 0.211이라 그를 무시했던 것은 분명 실수였다. 그래도 홈런이 21개나 있는 선수였다. 조금 더 신중하게 던졌어야 했다. 메이저리그에는 언제든지 한 방을 날릴 수 있는 선수들이 너무나 많다.

삼열은 브렛 마야를 삼진으로 잡아 7회 초를 마쳤다. 더그아웃으로 가면서도 마음이 착잡했다.

삼열은 누구보다도 우승을 원했다. 이왕 우승할 것이면 이 리글리필드에서 하고 싶었다. 이 놀라운 축제의 즐거움을 즐기는 곳이 양키스타디움이 아닌 리글리필드였으면 했다.

'아직 시간은 남았어.'

삼열은 더그아웃에 들어가자 벅 쇼가 달려와 삼열이 머리를 잡고 헤드락을 걸었다.

"너 이 자식, 일부러 건성건성 던진 것이지."

"미안하다. 네 승리를 날려서 면목이 없는데 대신 컵스를 우승시킬게."

벅 쇼가 삼열의 머리를 놓고 바로 자리에 앉았다. 그 옆에 삼열이 앉아 그라운드를 채우는 양키스 수비를 바라보았다.

"너, 타격 준비 안 해?"

"해야지. 벅 쇼, 나를 믿어."

"믿어, 믿는다고!"

삼열은 벅 쇼의 허벅지를 두드려 주고 배트를 들고 나가 대기타석에서 배트를 휘둘렀다.

홈런을 맞았으니 홈런을 치면 되는 것이라고 생각하며 삼열은 담담하게 이안 스튜어트가 타석에 들어선 것을 보았다.

'이길 만하면 이기는 것이고, 아니면 말고.'

승부는 인간이 원하는 대로 만들어지지 않는다. 원하는 만큼 연습하고 더 열심히 뛰어야 한다.

삼열은 배트를 휘두르며 하늘을 바라보았다. 잿빛에 가까운 하늘에서는 언제든지 다시 비가 쏟아질 것 같았다.

딱.

이안 스튜어트가 안타를 치고 1루로 진루하였다. 삼열은 회심의 미소를 지었다. 실수를 만회할 기회가 예상보다 일찍 온 것을 기뻐하며 타석에 들어섰다.

삼열은 타석에 들어서면서 제르미아 투수가 당황하고 있음을 알았다. 투수이지만 한때 내셔널리그의 홈런왕을 하기도 했던 삼열이 그는 무척이나 부담스러웠는지 연거푸 볼 2개를 던졌다.

'이번에 스트라이크를 잡으려고 들어올 것이다.'

노스트라이크 2볼의 상황.

삼열은 그렇게 생각하고 배트를 꽉 잡았다. 어떤 투수라도 노아웃에서 주자를 2명이나 진루시킬 수는 없다. 오늘같이 중요한 경기에서는 더욱 그러했다.

삼열은 침착하게 공을 기다렸다. 역시나 가운데로 들어오는 공이었다. 삼열은 힘껏 배트를 휘둘렀다.

딱.

맞는 순간 삼열은 홈런인 것을 알았다. 손끝에서 전해지는 짜릿하면서도 묵직한 것이 제대로 배트에 공이 맞은 것이다.

"홈런!"

"저 녀석이 드디어 해냈군. 아, 아까운 내 승리."

벅 쇼는 아까운 듯 3루를 돌고 있는 삼열을 바라보았다. 마운드에서는 제르미아가 어깨를 늘어뜨리고 있었다.

삼열이 더그아웃으로 들어오자 동료선수들이 그를 환영해주었다. 로버트의 경우는 기뻐서 삼열을 한동안 껴안기까지 했다.

―아, 삼열 선수 홈런을 치는군요. 7회 초에 내준 점수를 7회 말에 바로 홈런으로 갚는군요. 역시 내셔널리그의 홈런왕 출신답습니다.

장영필 아나운서가 들뜬 어조로 방송했다. 사실 그는 삼열이 홈런을 맞았을 때 흔들리면 어떻게 하나 걱정을 했지만 기우였다.

─삼열 선수, 아까 제가 말씀을 드렸지만 홈런을 맞았던 그 공은 실투로 보였습니다. 비가 와서 장시간 쉬고 있어서 어깨가 굳었을 것입니다. 그런 상태로 앞선 두 타자는 잘 처리를 했지만 러셀 훈트에게 홈런을 맞은 것은 다분히 방심해서일 것입니다.

─아, 정말 삼열 선수 멋지네요. 1실점을 하자 바로 2점 홈런을 때려서 복수하는군요. 이로써 7 : 5로 앞서가고 있는 컵스입니다. 이 경기 어떻게 보고 계시는지 송재진 해설위원님께 묻겠습니다.

─하하, 물론 잘 보고 있습니다. 사기가 올랐던 양키스 선수들은 이 2점 홈런으로 인해 기운이 빠질 것입니다. 아까 벅쇼 선수가 삼열 선수에게 헤드락을 걸지 않았습니까? 아마도 잘하라고 장난을 친 것 같았는데 효과 만점입니다.

삼열의 홈런에 베일 카르도 감독은 자리에서 벌떡 일어나 박수를 쳤다.

사실 그는 투수를 교체할까 고민을 하고 있었다. 비로 인해 삼열이 중간에 쉰 것이 경기에 영향을 끼칠 수 있고, 또 무리할 필요가 전혀 없었기 때문이다.

3승 1패로 앞서가고 있는 컵스는 상대적으로 여유가 많았다. 그러니 팀의 에이스를 혹사시킬 이유가 없는 것이다. 그런데 샘 잭슨 투수 코치가 삼열의 구위나 컨디션은 괜찮다고 말해 한 이닝을 더 지켜보려고 했다. 그런데 바로 홈런을 치다니. 정말 생각지도 않았던 홈런이었다.

'오늘 경기로 월드시리즈를 마칠 수 있겠군.'

베일 카르도는 흐뭇하게 웃었다. 카메라가 미소를 띤 베일 카르도 감독의 표정을 클로즈업해서 잡았다. 그리고 더그아웃에서 좋아하는 삼열의 모습도 함께 잡았다. 리글리필드의 전광판에도 두 사람의 모습이 교대로 나왔다.

식었던 응원이 다시 시작되었다. 파워 업 응원가가 리글리필드를 가득 채웠다. 그동안 자리에 비웠던 사람들이 다시 돌아와 리글리필드는 흥분과 응원의 소리로 가득했다.

오늘은 컵스의 날이다. 사람들은 그것을 깨닫는 데는 얼마 걸리지 않았다.

1번 타자 빅토르 영이 안타를 치고 나간 다음 스트롱 케인이 삼진을 당한 후 하재영이 홈런을 쳤다.

더그아웃에서 레리 핀처가 하재영의 홈런을 부러워하면서도 기뻐했다. 플래툰 시스템에 의해 시즌 내내 번갈아가면서 교체 출장을 하였지만 하반기 들어서면서 감독은 하재영을 더 선호하였다.

레리 핀처는 그것이 싫으면서도 한편으로 팀이 이기고 있는 것이 좋았다.

컵스가 100년 동안 이루지 못한 우승을 이제 지금 이루고 있는 것이다. 그 역사의 현장에 있는 것만으로도 레리 핀처는 가슴이 벅찼다.

9 : 5.

이제 경기가 한쪽으로 완전하게 기울었다. 존리가 펜스까지 날아가는 큼직한 외야 플라이를 때렸지만 양키스의 호수비에 막혀 아웃되었다.

삼열은 마운드로 천천히 걸어 나갔다. 이제 2이닝만 더 던지면 이 역사적인 경기가 끝나는 것이다. 삼열은 공 하나를 던져도 신경을 써서 던졌다.

요한 지터, 그랜더 해머, 에드워드 카노를 모두 삼진으로 잡아내면서 삼열이 두 주먹을 불끈 쥐었다. 리글리필드가 부글부글 끓기 시작했다.

이제 1이닝만 지나면 경기가 끝난다. 그의 이름을 연호하는 관중들의 모습을 보며 삼열은 자신이 잘하고 있음을 깨달았다.

팬들의 일방적인 사랑에 보답할 수 있다는 것이 너무나 좋았다.

어제 등판을 하고 바로 오늘 다시 마운드에 섰음에도 불구하고 몸은 그다지 피곤하지 않았다.

8회 초에 교체출장을 한 레리 핀처가 더그아웃으로 들어오면서 삼열을 보며 환하게 웃었다. 그의 검은 얼굴 때문인지 하얀 이가 더 하얗게 보였다.

"수고했어."

"뭘요. 바로 이것이야말로 나의 본모습이죠."

"하하! 1이닝만 더 버텨줘. 제발~"

"승리를 원해요? 그럼 500달러."

"응?"

"내가 곧 재단 하나를 만들게 될 터인데 우승을 원하시면 500달러 기부를 하라고요."

"좋아, 좋아. 5만 달러 기부하지."

"헐~ 대박이다."

"우승 반지는 내게 5만 달러 이상의 가치가 있지. 내 아들과 딸에게 아빠가 어떻게 살았는지 말해줄 증거잖아."

"오우, 철학적인데요. 그런데 스트롱 케인이 아까부터 레리 핀처를 보는데요. 동생을 안 소개시켜 주면 삐질 것 같은데요."

"괜찮아. 은퇴하면 되지, 뭐."

"헐, 대박!"

레리 핀처가 웃으며 말했다. 삼열은 그의 표정에서 레리 핀처가 여동생 레이나를 스트롱 케인에게 소개시켜 줄 것을 알았다.

날이 갰다. 어두웠던 하늘이 구름 한 점 없는 푸른 하늘로 바뀌었다. 삼열은 더그아웃의 벤치에 앉아 행복한 미소를 지었다.

레리 핀처가 말했듯이 오늘 우승 반지를 받으면 줄리아와 앞으로 태어날 아이들에게 이야기해 줄 것이다. 자신이 어떻게 살아왔는지를……

그 생각을 하자 마음이 따뜻해지고 기분이 좋아졌다. 딸과 아들에게 당당할 수 있는 아버지란 얼마나 매력적인가. 삼열은 생각만으로 금방 행복해졌다.

이제 1이닝만 남았을 뿐이다. 삼열은 오른쪽 어깨가 조금 뻐근한 느낌을 받았다. 하지만 이제 아웃 카운트 3개가 남았을 뿐이다. 손에 있는 야구공의 까슬까슬한 실밥을 만지며 삼열은 마인드 컨트롤을 했다. 그리고 8회 말에 컵스의 공격은 득점 없이 끝났다. 삼열은 벤치에서 일어나 마운드로 걸어 나갔다.

'파워 업! 승리를 반드시 내 손으로 마무리 짓자.'

삼열은 길게 호흡을 했다. 숨을 내쉬자 정신이 점점 명료해진다.

푸른 하늘이 점점 어둠으로 물들고 있었다. 관중석에서는 컵스의 팬들이 일어나 승리를 기원하며 응원을 하였다. 삼열은 공을 던졌다.

4번 타자 A.로드만이 배트를 휘둘렀다.

딱.

삼열은 자신 앞으로 날아온 공을 팔짝 뛰어 글러브로 잡아냈다. 비교적 빠른 타구였지만 삼열의 수비가 더 빨랐다.

삼열의 수비에 홈팬들은 박수를 치며 파워 업을 외쳤다.

5번 타자 마크 바이런이 타석에 들어서자 삼열은 칼스버그의 사인을 받자마자 득달같이 공을 던졌다. 공이 타자의 앞에서 바깥쪽으로 휘어져 들어갔다.

펑.

"스트라이크."

스크루볼이었다. 뛰어난 공의 변화에 바이런은 헛스윙했다.

중견수 레리 핀처는 등 뒤에 있는 팬들과 이야기를 하며 승리를 만끽할 준비를 했다.

"와우, 죽이는군."

"삼열, 우리는 언제나 네 편이야. 우리에게 우승을 달라고. 우리는 원한다, 승리를!"

관중들의 소리에 레리 핀처가 소리쳤다.

"걱정하지 말라고. 저 괴물이 당신들의 소원뿐만 아니라 나의 소원도 이루어줄 것이야."

레리 핀처의 말이 끝나자마자 삼열이 공을 던졌다.

딱.

바이런이 삼열의 두 번째 공을 빠르게 노려 쳤다. 공이 쭉쭉 뻗어나갔다.

레리 핀처가 관중과 떠들고 있는데 바이런이 친 공이 그의 앞으로 날아왔다.

"아싸, 굿 잡!"

레리 핀처는 자신 앞으로 날아오는 타구를 보며 잽싸게 뛰어나가 공을 잡았다. 그는 월드시리즈에서 경기를 많이 쉬었지만 마지막 경기에 수비로 나올 수 있게 해준 감독에게 감사하는 마음이 들었다.

삼열은 레리 핀처의 제스처를 보고는 피식 웃었다. 워낙 베테랑이라 큰 경기에도 긴장하지 않는 모습이 보기 좋았다.

그가 관중과 이야기를 하기 위해 뒤로 조금 물러나 있었던 것이 바이런의 타구를 쉽게 잡게 만들었다. 물론 그렇지 않았다 하더라도 조금 전의 타구는 잡기 어려운 공은 아니었다.

삼열은 가슴이 두근거렸다. 이제 남은 아웃 카운트는 단 한 개.

공 3개면 승패가 결정될 것을 생각하자 짜릿한 흥분이 온몸을 자극하였다.

삼열은 흥분을 억제하기 위해 크게 숨을 내쉬었다. 아무리 무덤덤한 척을 하려고 해도 이 순간 거세게 뛰는 심장의 두근거림을 멈추게 할 수 없었다.

스티브 맥클레인은 관중석에서 마운드에 서 있는 삼열을 바라보았다. 그는 갑자기 날아온 월드시리즈 5차전 티켓을 보고 깜짝 놀랐다.

샘슨 사가 자신의 연락처를 묻고는 택배로 보내온 우편물을 받았을 때 그는 숨이 막히는 것 같았다. 거기에 이렇게 쓰인 메모가 있었다.

─나의 진정한 팬 마리아나를 위해 던집니다. 부디 와서 당신의 딸이 사랑했던 선수가 던지는 공을 지켜봐 주시기 바랍니다.

스티븐은 우편물을 받고 말할 수 없는 기쁨과 슬픔을 동시에 느꼈다. 딸이 삼열의 팬이 된 이유를 너무나 잘 알고 있었기 때문이다.

아빠와 가족들에게 슬픈 모습을 보이지 않으려고 '파워 업!'을 외치다 보니 마리아나는 저절로 삼열의 팬이 되었다. 그리고 삼열을 휴스턴의 경기장에서 한번 만났고 그것이 인연이 되어 연락을 계속 주고받았다. 마리아나가 죽었을 때는 직접 장례식에 찾아와 주기도 했다.

모든 사람이 사랑하고 좋아하는 스타가 이미 과거의 기억으로 묻혀 버린 자신의 딸을 기억해 줄 줄은 전혀 몰랐다. 그래서 모든 일정을 뒤로하고 시카고로 달려왔다. 그는 누구보다 삼열의 승리를 원했다. 딸이 응원했던 선수가 던지는 공은 그 어떤 공보다 아름다웠고 감동적이었다.

사랑하는 딸을 가슴에 묻고 인생을 살아가는 것은 아픔의 연속이다.

가슴속에 있는 딸은 즐거운 순간이나 힘들 때나 언제나 찾아와 자신을 위로해 주곤 했다. 아빠를 너무나 사랑했던 딸의 죽음은 삶의 의욕을 끊어놓을 정도였다.

그때 그는 삼열이 어려움을 당하고 있다는 소식을 듣고 슬픔에서 벗어나 그에게 달려갔다. 그에게는 딸이 사랑했던 선수를 지켜줘야 할 의무가 있었다. 그것이 그가 다시 밥을 먹고 잠을 자게 된 동기였다. 그런데 여기 월드시리즈에서 그가 공을 던지고 있었다. 딸이 사랑했던 선수가 이제 막 기적 같은 공을 던지고 있는 것이다.

그는 삼열이 공을 하나하나 던질 때마다 눈물이 날 것 같아 참기 힘들었다. 마리아나가 좋아 팔짝팔짝 뛰는 모습이 눈앞에 어른거렸다.

너무나 짧은 시간을 자신의 곁에 머물고 간 딸이지만 그 어떤 영원보다도 더 행복했던 순간들이었음을, 시간이 지나면서 깨달았다.

왜 인생은 가장 아름다운 순간들이 이렇게 짧은지, 꽃이 아름답게 피는 시간이 그렇게 짧은지, 이해할 수 없었다.

하지만 지금은 알 수 있다. 짧기에 더 소중한 것이라고. 인생은 그런 것이다.

삼열이 마지막 공을 던졌다. 번개 같은 공이 섬광처럼 포수의 미트에 꽂혔다.

펑.

"스트라이크."

6번 타자 빌 네빌이 배트를 휘두르지도 못하고 서서 스트라이크 아웃을 당했다.

드디어 끝났다.

107년을 끌어왔던 비극의 순간이 공 하나로 끝이 났다.

그러자 리글리필드는 엄청난 기쁨의 함성으로 요동쳤다. 조금씩 어두워지던 하늘에 아름다운 수백 개의 폭죽이 그림처럼 피어오르며 터졌다.

삼열은 무릎을 꿇고 고개를 숙였다. 눈물이 참을 수 없을 정도로 흘러내렸다. 왜 눈물이 나는지 알지는 못하지만 흘러내리는 눈물을 막을 수 없었다. 자신이 우승을 열망했지만 이렇게 강렬하게 원했을 것이라고는 그도 알지 못했다.

삼열이 일어나 눈물을 닦자 리글리필드의 홈팬들도 눈시울을 붉혔다.

행복해서 흐르는 눈물은 슬프지가 않다. 오히려 마음속에서 정화가 일어나 삶을 풍요롭게 만든다. 기적은 여기에 있다. 간절히 원하고 원하면 반드시 이루어진다.

더그아웃에서 뛰어나온 선수들이 삼열에게 몰려들었다. 모두 그를 얼싸안고 웃었다. 마침내 100년 만에 소원이 이루어진 것이다.

그중에서 가장 기뻐한 사람은 물론 레리 핀처였다. 은퇴하기 전에 월드시리즈 우승 반지를 정말 가지게 될 줄은 몰랐다. 그는 관중들을 향해 자신도 모르게 만세를 불렀다. 그러자 관중석에서 파워 업 소리가 메아리가 되어 그에게 돌아왔다.

—아! 마침내 시카고 컵스, 우승입니다. 우승이에요! 믿을 수 없는 기적이 벌어졌습니다. 100년 만에 우승하는 시카고 컵스, 감독도 선수도 하나가 되어 즐거워하고 있습니다. 관중들도 좋아합니다. 거의 광란에 가까울 정도로 좋아하는 컵스의 홈팬들입니다. 아, 굉장합니다. 굉장해요!

장영필 아나운서가 감격했는지 목소리가 갈라진 채로 방송

하고 있었다.

대한민국의 청년 삼열이가 월드시리즈를 우승하게 한 주인 공이라서 중계방송을 하던 도중에 기뻐 소리를 외쳤다. 이는 옆에 있던 송재진 해설위원도 마찬가지였다.

월드시리즈에 출전한 한국 선수는 김병현 선수도 있어서 그다지 낯설지는 않았지만 그때는 이렇게 감격적이지 않았다.

오늘의 승리는 삼열이가 만든 것이라 봐도 될 정도로 그는 굉장한 일을 컵스에서 했다.

─아, 마침내 컵스가 역사적인 우승을 하는군요. 대단합니다. 삼열 선수가 염소의 저주에 대해서 '그것은 실력이 없어서다. 더 열심히 노력하면 우승은 언제든지 가능하다'고 말한 인터뷰가 이 순간에 기억이 납니다.

─네, 굉장합니다. 시청자 여러분, 여기 리글리필드는 그야말로 축제의 현장입니다. 모든 팬이 하나가 되어 껴안고 기뻐하고 있습니다.

마리아와 줄리아는 거실에서 다정하게 TV를 보고 있었다. 어제 몰래 경기장에 간 것을 들켜 삼열에게 혼이 난 후라 얌전하게 집에서 TV를 시청하고 있었다. 사실 삼열이 어제 등판을 했기에 설마 오늘 또 경기에 나올 것이라는 생각을 전혀 하지 못했다.

"아빠가 이겼어. 아빠가 이겼어."

줄리아가 좋아서 팔짝팔짝 뛰었다. 그러자 제시와 돼지들
도 신이 나 짖기 시작했다.

마리아는 자신도 모르게 눈물을 흘렸다. 그녀는 삼열이 얼
마나 우승을 원했는지 너무나 잘 알았다. 메이저리그 최고 투
수가 되었음에도 멈추지 않았던 삼열이 마침내 컵스를 우승
하게 했다.

물론 우승을 삼열이 혼자 만든 것은 아니었지만 그가 쏟은
노력은 이루 말할 수 없을 정도라는 것을 너무나 잘 알고 있
는 그녀는 입가에 미소를 지으면서도 눈물을 흘렸다.

"앗! 엄마, 엄마. 울어?"

"응, 너무 좋아서 우는 거야."

"좋은데 왜 울어? 나처럼 깡충깡충 뛰면서 좋아해야지."

"그럼 엄마도 줄리처럼 뛸까?"

"응, 응. 엄마도 뛰어."

거실에서 두 모녀가 뛰자 동물들도 덩달아 뛰기 시작했다.

"엄마, 아빠 보고 싶어. 우리 아빠 만나러 가."

"그래, 그러자."

마리아는 딸의 말을 듣고서야 정신이 번쩍 들었다. 그녀는
컵스에 근무를 했었기에 시합이 끝난 경기장에 들어가는 것
에는 문제가 없었다. 아니, 시합 중이라도 그녀는 들어갈 방법

을 알고 있었다.

마리아는 서둘러 줄리아의 옷을 입혔다. 반팔 티와 반바지를 입고 있던 줄리아에게 겨울옷을 입히고 자신도 서둘러 옷을 입었다. 나오려는데 화장을 안 한 얼굴이 마음에 걸려 빠르게 립스틱을 발랐다.

진한 색깔로 입술에 포인트를 주면 화장하지 않은 것을 남자들은 잘 모른다. 미소를 짓고 차에 올라타 리글리필드로 달렸다.

경기장에 도착해 보니 모든 사람이 기뻐하며 즐거워하고 있었다. 출입구를 막고 있던 흑인 제레미아는 마리아를 보자마자 문을 열어주었다.

"고마워요, 제레미아!"

"아저씨, 안녕."

마리아가 나이 든 제레미아에게 인사를 하자 줄리아도 따라 인사했다. 제레미아는 환하게 웃으며 어서 들어가라고 손짓을 했다.

컵스의 직원 중에서 이 모녀를 모르는 사람은 단 한 명도 없다. 더욱이 줄리아는 어제 경기가 끝난 다음 그라운드에 난입한 경력도 있어 모를 수가 없었다. 마리아는 줄리아의 손을 잡고 선수들이 있는 라커룸으로 빠르게 걸어갔다.

"와우, 어서 와요."

벅 쇼가 마리아를 보며 환영했다. 그러면서 마리아의 손을 잡고 문을 벌컥 열었다.

"어머나!"

마리아가 깜짝 놀라 고개를 돌렸다.

"엇, 알몸이다. 로버트와 칼스버그가 알몸이다."

샴페인으로 범벅이 된 유니폼을 갈아입으려던 두 사람은 줄리아의 목소리에 깜짝 놀랐다.

벅 쇼가 입가에 미소를 짓고는 개구쟁이 표정으로 마리아의 뒤에 서 있었다. 그제야 일이 어떻게 된 것인지 안 칼스버그가 소리를 질렀다.

"너, 이 자식."

칼스버그가 화를 내려다가 옆에 있던 삼열에게 두들겨 맞고 나서야 서둘러 옷을 입었다.

"여보, 왔어?"

"네, 여보, 우승 축하해요."

"아빠, 아빠. 축하해."

"웅, 고마워, 당신. 고마워, 줄리."

삼열은 마리아에게 키스하고 줄리아를 안았다. 우승의 기쁨에 겨워 아직까지 인터뷰도 하지 못한 상태였다. 감독도 기자들도 한참 후에서야 정신을 차리고 월드시리즈 우승을 축하하는 인터뷰를 하기 시작했다.

삼열은 줄리아를 데리고 인터뷰하는 장소에 도착했다. 마리아는 근처에 있겠다고 해서 같이 오지는 않았다. 마리아는 매스컴을 좋아하지 않는다.

인터뷰하기 전에 베일 카르도 감독은 삼열을 꼭 안고는 수고했다는 말을 하였다.

감독의 인터뷰가 끝나자마자 삼열의 차례였다. 오늘만큼은 그 어떤 사람들보다 삼열의 말에 기자들이 집중하였다.

—오늘 5차전에 두 번째 투수로 등판하였습니다. 오늘 등판할 것을 알고 있었습니까?

"아뇨. 오늘 아침에 일어나서 몸에 무리가 없다는 것을 알고서는 등판할 결심을 했습니다. 5차전에서 월드시리즈를 반드시 결판내고 싶었기에 등판을 자청했습니다."

—107년 만에 컵스가 우승했는데 우승 소감 한마디 해주시기를 바랍니다.

"앞으로 컵스는 더 많은 우승을 하게 될 것입니다. 저주는 애초부터 없었습니다. 샘 지아니스가 예수나 석가도 아니고 신은 더더욱 아니죠. 그딴 인간의 말에 귀를 기울이는 것 자체가 문제입니다. 그동안 컵스가 우승하지 못한 것은 딱 하나입니다. 실력이 없어서였습니다."

—컵스가 더 많은 우승을 하게 될 것이라는 말은 FA가 되

어도 컵스에 남겠다는 뜻인가요?

"이 자리에서 그 이야기를 하기에는 이른 것 같군요. 여기는 월드시리즈 우승을 축하하는 인터뷰 자리지 연봉 협상 테이블이 아닙니다. 그것은 제 에이전트가 알아서 하겠죠."

—마지막으로 컵스의 팬들에게 한마디 해주십시오.

"우리는 승리를 했습니다. 이 모두가 팬들의 응원 덕이었습니다. 고맙습니다."

삼열이 자리에서 물러나자 다음으로 레리 핀처가 인터뷰를 시작했다. 오늘은 컵스의 모든 선수가 인터뷰해야 하기에 삼열에게 배정된 시간이 무척이나 짧았다.

삼열은 줄리아의 손을 잡고 마리아가 있는 곳으로 왔다.

"이제 뭐 할까요?"

"뭐 하긴, 집에 가야지."

"어머나! 집에 가도 돼요?"

"당연하지. 저놈들하고 있어 봐야 술밖에 더 먹겠어. 당신과 우리 줄리와 함께 시간을 보내야지."

"맞아, 맞아. 아빠는 나랑 놀아야 해."

"그럼 빨리 가요. 저녁 준비를 해야 해요."

삼열은 줄리아와 마리아의 손을 잡고 주차장으로 걸어갔다. 어두워지기 시작한 하늘 사이로 검은 구름이 몰려들고 있었다.

주차장을 빠져나와 네온사인이 켜진 도로로 나왔을 때는 다시 비가 내리기 시작했다.

"여보, 우리 저녁 먹고 들어갈까?"

삼열이 운전하면서 옆에 앉은 마리아에게 물었다. 마리아가 대답하기도 전에 뒤에 있던 줄리아가 신이 나 만세를 불렀다.

"이 시간에 레스토랑을 예약할 수는 없을 거예요. 아쉬워도 그냥 집으로 가요."

마리아는 이 기쁜 날 집에서 가족과 함께하고 싶었다. 레스토랑에서 식사한다고 해서 기분이 더 좋아질 것 같지는 않았다. 음식이 조금은 부실해도 집이 더 편안할 것이다.

"그럴까……?"

삼열의 대답에 줄리아가 발로 앞좌석을 찼다. 마리아가 화가 나 뒤를 돌아보자 줄리아가 목을 움츠리며 눈알을 굴리다가 '히히히' 웃었다.

마리아도 이 즐거운 날에 좋은 기분을 깨지 않으려고 더 이상 줄리아를 나무라지 않았다.

그날 저녁 컵스의 선수들은 술집에 몰려가 정신을 잃을 때까지 술을 먹고 다 같이 뻗었다.

삼열은 그 시간에 욕실에서 마리아와 같이 목욕을 하며 다정한 시간을 보냈다. 따뜻한 물에 몸을 녹이며 삼열은 내년 연봉 협상에서 대박을 노릴 생각을 하며 부드러운 마리아의 몸을 손으로 더듬었다.

4. 마리아나 재단

날이 밝았다.

삼열은 아침 일찍 일어나 정원으로 나왔다. 정원에는 갈색의 나뭇잎이 여기저기 흩어져 있었다. 싸늘한 아침 기온이 오히려 삼열의 마음을 상쾌하게 만들었다.

'이제 모두 끝났군.'

한 해의 모든 경기가 끝났다. 숨 가쁘게 달려왔고 원하는 것을 얻었기에 피곤함보다는 상쾌함이 온몸에 가득했다.

'정말 해냈어!'

모든 것이 꿈만 같았다. 삼열은 말없이 한참을 정원에 서 있다가 천천히 걸었다.

몸이 걷기에 익숙해지자 그는 다시 뛰기 시작했다. 뺨을 스치는 차가운 바람이 뜨거운 입김으로 바뀌었다.

러닝을 하는데 몸이 날아갈 것 같아 삼열은 고개를 갸웃거렸다. 컨디션이 너무나 좋았다. 이틀 연속 등판을 했는데도 아무런 피로도 느낄 수 없었다. 심리적인 것인가 하는 의구심이 들긴 했지만 정확한 원인을 알 수는 없었다.

삼열은 뛰면서 자신이 왜 그토록 우승을 간절하게 원했는지를 생각했다.

승리가 주는 달콤함에 빠지기를 원했던 것은 결코 아니었다. 월드시리즈가 지금까지 승리한 그 어떤 경기보다 큰 기쁨을 주긴 했지만 사실 그는 그런 것에는 다소 초연한 편이었다. 삼열은 뛰는 것을 멈추고 거칠게 숨을 내쉬었다.

운동을 마치고 들어가자 마리아가 깨어서 아침을 준비하고 있었다. 그녀는 임신해서인지 다소 몸이 무거워 보였다. 더 자야 하는데 남편과 딸 때문에 어쩔 수 없이 나온 듯해 삼열은 마음이 찡해졌다.

음식을 준비하는 마리아의 뒤로 가 살며시 안으며 삼열은 얼굴과 얼굴을 맞대었다.

"아, 여보. 기다려요. 빨리 아침을 준비할게요."

"아니, 이제 천천히 먹어. 시즌도 끝났고 당신 몸도 무거우니 조심해야 하잖아."

"아직 임신한 지 얼마 안 돼요."

"그러니까 몸이 힘든 거 아냐?"

"흐음, 이렇게 걱정해 주니 고마워요."

삼열은 마리아를 껴안고 그렇게 한동안 서 있었다. 가만히 있으니 바람이 흘러가는 소리, 작은 동물들이 뒤척이는 소리가 들려왔다.

"이러다가 음식 다 타요."

"그럼 탄 거 먹으면 되지. 흐흐."

삼열의 말에 마리아가 피식 웃었다. 그러고는 억지로 삼열의 팔을 풀고 음식을 했다.

"어제는 컵스 선수들이 모두 함께 보내지 않았을까요?"

마리아의 말에 삼열이 몸을 움찔거렸다. 삼열은 구단의 축하행사에 참석하지 않고 튄 것이 마음에 걸렸다.

"그 녀석들은 걱정 없는 놈들이니까 술 처먹고 그랬겠지."

"당신은 무슨 걱정이 있어요?"

마리아가 뒤를 돌아 얼굴을 빤히 바라보자 삼열이 기침하며 낮은 목소리로 말했다.

"여보, 우승했으니 기업 광고료가 작년보다 1천만 달러는 더 들어오겠지?"

"호호. 물론이죠. 훨씬 더 들어올 거예요. 걱정하지 마요."

마리아는 삼열이 무엇을 걱정하는지 금방 알아차렸다.

삼열은 월드시리즈 우승을 하면 1천만 달러의 기부금을 내놓겠다는 말을 하고는 후회를 하는 모습을 간혹 보였었다.

마리아는 그 사실을 알고 입가에 미소를 지었다. 원래 삼열은 그런 남자라는 것을 그녀는 익히 알고 있었다. 돈을 너무 좋아하고 쓰는 것은 너무 싫어하는데, 삼열이 1천만 달러를 기부하겠다는 말을 듣고 그녀는 무척이나 놀랐었다.

한참 후에 줄리아가 일어났기에 삼열은 서둘러 세수를 시키고 아침을 먹었다.

"아빠, 이제 다 끝났지? 뭐 할 거야? 또 연습해?"

"며칠은 쉴까 해."

"와아, 그럼 나랑 놀아줘. 응?"

삼열은 줄리아의 접시에 놓인 고기를 잘게 썰어주고는 입가에 묻은 소스를 닦아주었다.

"아빠가 우리 줄리하고 안 놀면 누구하고 놀지?"

"아하하, 만세!"

삼열의 말이 마음에 들었는지 줄리아는 마구 입에 음식을 집어넣었다.

"줄리, 음식은 조용히 교양 있게 먹어야지."

"아냐, 아냐. 줄리는 교양 같은 거 없으니 막 먹어도 돼. 그치, 아빠?"

삼열은 줄리아의 말에 고개를 다른 곳으로 돌렸다. 그 모습에 줄리아의 입술이 밖으로 튀어나왔다.

아침을 먹고 TV를 트니 온통 월드시리즈에 대한 이야기뿐이었다. 대부분의 매스컴들이 삼열과 컵스의 우승에 대한 이야기로 아침 방송을 채우고 있었다.

신문과 매스컴은 모두 월드시리즈 우승에 대한 기사뿐이었다. 그럴 수밖에 없었다. 컵스의 우승은 100년 만의 우승이었으니까.

덕분에 가장 덕을 본 사람이 존스타인이었다. 그는 레드삭스를 밤비노의 저주에서 구해냈는데 이번에 시카고 컵스를 염소의 저주에서 구해냈으니 그의 인기는 최고가 되었다. 삼열은 그 모습을 보며 피식 웃었다.

재주는 곰이 부리고 돈은 누가 가져간다는 말이 있는데 존스타인이 그 짝이었다.

물론 그가 한 일이 아주 없는 것은 아니지만 특이한 기삿거리를 찾는 기자들에게는 존스타인의 저주 끊기는 충분히 자극적인 소재였다.

물론 그것은 삼열의 기사만큼 인기가 있는 것은 아니었다. 올해 MVP와 사이영상의 후보가 유력한 삼열은 월드시리즈 우승이라는 프리미엄까지 있었다.

"입질이 와야 하는데······."

"네, 무슨 말이에요?"

"아냐."

삼열은 이제 제사보다는 잿밥에 더 관심이 많았다. 그 모습을 보고는 마리아가 빙그레 웃었다. 삼열이 말을 했을 때는 무슨 말인 줄 몰랐는데 조금 시간이 지나니 의미를 금방 알 수 있었다.

'당신이 너무 노골적이라 모를 수가 없어요.'

마리아는 삼열의 얼굴을 쓰다듬으며 입술에 가볍게 키스했다. 오후에는 스티븐과 약속이 있어 삼열은 점심을 먹고 나자 외출할 준비를 했다.

"아빠, 어디 가?"

삼열이 나가려고 하자 줄리아가 불안한 얼굴로 삼열에게 물었다. 삼열은 그런 그녀를 피해 도망치듯 집을 빠져나왔다.

호텔 커피숍에서 삼열은 스티븐 맥클레인을 만났다. 오랜만에 보는 그의 얼굴은 무척이나 편안해 보였다.

삼열은 마리아나가 죽은 후 그녀를 기념하기 위한 경기에서 퍼펙트게임을 망친 빅토르 영을 경기 후에 폭행했다. 그에 사람들에게 배척을 받았을 때 스티븐은 삼열을 위해 시카고로 날아와서 언론사와 인터뷰를 했다.

"오래간만입니다."

"반갑습니다. 월드시리즈 우승 축하합니다."

두 사람은 반갑게 악수를 하고 스티븐은 표를 보내줘서 고
맙다는 인사를 했다.

"정말이지 마리아나가 살아 있었다면 정말 기뻐했을 것입니
다."

"고맙습니다. 사실 4차전 경기 전에 5차전에 한두 이닝 정
도는 던질 생각을 했습니다. 반드시 5차전에서 끝내고 편안하
게 쉬고 싶었으니까요."

"감동적인 경기였습니다. 컵스가 100년 만에 우승을 한 것
은 정말 기념비적인 일입니다. 하하, 레드삭스는 86년 만에 우
승했는데 컵스는 정확히 107년 만이군요. 이곳 시카고에서 만
난 사람들은 모두 어제 컵스의 우승으로 인하여 기뻐하더군
요."

"아, 네. 저도 기쁘긴 하죠."

삼열이 머리를 긁으며 대답을 하자 스티븐은 어제 자신이
본 거리를 생각했다. 컵스 구장이 있는 리글리빌만이 아니라
시카고 전체가 이상한 광기에 사로잡혔었다. 도시의 거리와
술집, 그리고 지나가는 사람들은 컵스의 우승을 축하해 주었
다.

그 모습은 마치 월드컵에서 우승한 나라의 국민들처럼 뜨
거운 열기에 사로잡힌 듯했다. 이성적인 성격의 스티븐이 보

기에는 무척이나 신선했다.

"그런데 저를 무슨 일로 보자고 하신 것인가요?"

스티븐은 샘슨 사로부터 삼열이 오늘 만나고 싶어 한다는 연락을 받았었다. 그래서 어제 경기가 끝났지만 떠나지 않고 호텔에 남아 있었다.

"제가 인터뷰 중에 우승하게 되면 기부를 한다고 했습니다."

"하하. 네, 저도 들었습니다. 무려 1천만 달러를 내놓겠다고 한 것을 말입니다."

그는 말을 하면서도 약간 놀랍다는 표정으로 삼열을 바라보았다. 그도 삼열이 올해 2천만 달러 이상의 연봉을 받고 있음을 알고 있다. 하지만 그렇다고 하더라도 1천만 달러를 기부하는 행위는 결코 쉬운 일이 아니다.

"예전부터 저는 더 많은 아이를 도와주고 싶었습니다. 아시다시피 마케팅의 일환으로 시작한 이 일이 이제는 제 사명처럼 되었습니다. 한 아이의 아버지가 되어보니 더욱 그렇습니다. 하지만 아이들을 돕는 일에는 정말 많은 돈이 들어갑니다. 생각보다 더 많이요. 이곳 미국의 의료시스템은 정말 아니더군요."

"휴우, 그렇죠. 그 망할 놈의 의료보험 때문이죠."

스티븐이 삼열의 말에 고개를 끄덕였다. 미국의 의료보험은 비싸고, 또 병원비는 더 비쌌다.

"그래서 스티븐이 저를 도와주셨으면 합니다."

"제가 삼열 강 선수를요?"

"네, 저는 비영리 재단을 만들고 싶습니다. 어린아이들을 전문적으로 돕는 그런 재단을요. 이 생각을 하게 된 것도 사실 마리아나 때문이었습니다. 그때 전 생각했죠. 살릴 수 있는 아이들이 더 많아졌으면 좋겠다고. 하지만 아시다시피 제가 무슨 슈바이처나 테레사 수녀도 아니고 야구로 돈 벌기 바쁜 놈이죠. 그래서 스티븐이 도와줬으면 합니다."

"아, 그렇군요. 그 문제는 생각을 좀 해봐야겠군요."

"도와주시든, 그렇지 않든 상관은 없습니다. 다만… 재단의 이름은 마리아나 재단이라고 짓고 싶습니다. 허락해 주십시오. 이 이름으로 재단을 만들어도 될지……?"

"아, 마리. 나의 사랑스러운 딸."

스티븐은 갑자기 눈물을 주르르 흘렸다. 아직 마음의 상처가 다 치유되지 않았는지, 아니면 사랑한 만큼의 그리움과 상처가 큰지 그는 한동안 고개를 숙이고 있었다.

"하겠습니다. 내 딸의 이름으로 행해지는 이 선한 일을 내가 하지 않으면 누가 하겠습니까?"

스티븐이 눈물을 흘리면서 환하게 웃었다. 삼열은 그의 승낙에 너무나 기뻐 일어나 그를 껴안았다.

이 일을 해줄 사람으로 스티븐만큼 적합한 사람이 없다. 이런 비영리재단은 잘못하면 하는 일도 없이 돈 먹는 하마로 바뀔 수 있다. 운영자가 개인적 욕심을 부리기 시작하면 망하는 것은 시간문제다.

"저는 비영리재단을 운영한다고 해서 함께 일하는 사람들에게 헌신을 강요할 생각은 없습니다. 다만 가능한 한 적은 인력으로 꼭 필요한 일만 했으면 합니다."

"하하, 걱정하지 마시오. 마리아나의 이름으로 하는 일인데 함부로 할 수가 있겠습니까?"

"1천만 달러와 티셔츠 판매금의 일부가 기금으로 들어갈 것입니다. 스티븐이 해야 할 일은 그 돈을 투자하여 안정적인 수입을 얻는 것이고 이를 바탕으로 병든 아이들을 치료해 주는 것입니다."

"알겠습니다. 무엇을 걱정하는지도 대략 이해했습니다. 염려하지 않아도 되도록 하겠습니다."

"고맙습니다."

삼열과 스티븐은 오랜 시간 동안 이야기를 나누며 저녁을 먹고 헤어졌다.

집으로 돌아온 삼열은 다음 날 구단에 들러 감독을 만났고 연습장에 가니 몇몇 선수가 연습하고 있었다.

삼열이 나타나자 한쪽 구석에서 배트를 휘두르던 로버트가 반갑게 다가왔다. 그리고 벅 쇼와 존 가일도 있었다.

"야, 삼열! 너 너무 늦게 나오는 거 아니냐?"

"나도 좀 쉬어야지."

"너 그날 왜 혼자 도망갔어?"

"왜?"

"왜에? 당연히 그 역사적인 날에 함께 있었어야지."

"그래서 뭐 했는데?"

"물론 우승을 자축하고… 기뻐하고 그랬지."

머뭇거리는 존 가일의 말에 삼열이 피식 웃었다.

"그래 봐야 술이나 먹었겠지. 아냐?"

"커험! 물론 술도 먹었지."

"잘한다. 술이나 먹고 말이야."

"야, 삼열! 아무리 너라도 말을 너무 막하는 거 아니냐? 우리는 너를 포함해서 우리가 이룬 이 엄청난 일에 함께 기뻐하기를 원했을 뿐이라고."

"흐음, 너는 기뻤겠지만 나는 좀 그래."

"응? 그게 무슨 말이야?"

"너희는 내가 한 말 기억도 못 하냐? 우승하게 되면 1천만 달러를 기부하겠다고 했던 말."

"아, 그렇지. 왜 그런 말을 했어. 기부하고 싶어도 그렇지 왜 그렇게 큰돈을 낸다고 했어?"

존 가일과 벽 쇼가 걱정스러운 눈으로 삼열을 바라보았다. 로버트도 1천만 달러라는 말을 듣고 약간 멍한 표정으로 있었다.

"그랬구나. 넌 우승이 기쁘면서 좀 그랬겠네. 아우, 1천만 달러라니. 젠장할!"

삼열은 벽 쇼의 말을 듣고 빙그레 웃었다. 혼자 죽을 수는 없었다.

"그리고 곧 니들도 돈을 기부하게 될 거야."

"왓? 네버, 네버. 난 기부와 담을 쌓은 사람이라고. 그리고 아직 결혼도 하지 못했는데 무슨 기부야."

로버트가 삼열의 말에 발끈했다. 삼열은 그들을 보며 빙그레 웃었다.

"레리 핀처도 5만 달러 내기로 했어."

"끙. 5만 달러라… 5만 달러."

크다면 큰돈이고 작다면 작은 돈이다. 하지만 아직 기부할 만큼 자신들의 연봉이 많다고 생각하지 않는 그들이었다.

레리 핀처도 한때는 1,600만 달러를 받던 고액 연봉자다. 이제 그들은 고작 500~600만 달러의 연봉을 받을 뿐이다. 이제야 비로소 메이저리그 평균연봉보다 조금 더 받을 뿐이다.

그리고 사실 그 연봉에서 세금과 에이전트비 등등 이것저 것 떼고 나면 아직은 실속이 별로 없다. 몇 년 이렇게 벌면 좀 여유가 있어지겠지만 말이다.

하지만 그들은 삼열의 말대로 강제로 기부금을 곧 내게 되었다. 삼열이 자신의 트위터에 1천만 달러를 기부할 것이며 레리 핀처도 이에 동참하여 5만 달러를 낸다고 올렸기 때문이다. 그리고 컵스의 선수들의 이름을 모두 올리고 액수를 기록할 자리를 비워두었다.

물론 하재영과 같이 메이저리그 처음 올라온 선수들의 이름은 적지 않았다. 메이저리그 평균 연봉인 300만 달러 이상인 선수들만 적었다.

다음 날 로버트도 5만 달러를 내놓을 수밖에 없었다. 벅쇼와 존 가일은 물론 대부분의 컵스의 선수들이 기부금을 내겠다고 자신의 트위터에 올렸다.

삼열은 선수들이 동참한다는 의사를 표명해 오자 이번에는 베일 카르도 감독과 존스타인 사장, 그리고 톰 리온 구단주의 이름도 적어놓았다. 그리고 이틀 후에 리온 구단주가 100만 달러의 기부금을 내겠다고 연락을 해왔다.

존스타인과 베일 카르도 감독 역시 울며 겨자 먹기로 기부금을 내지 않을 수 없었다. 왜냐하면 1년만 더 있으면 FA가 되는 삼열을 잡기 위해서는 삼열의 심기를 거스를 수 없었기 때문이다.

삼열은 기분이 좋았다. 물귀신 작전으로 모두 끌고 들어왔지만 모인 돈이 상당했기 때문이다.

일주일 후 연습장에 모인 선수들은 삼열에게 덤벼들었다가 오히려 몇 대 맞고는 치사한 놈이라고 욕을 해댔다. 할 수 없이 삼열은 선수들에게 그날 저녁을 샀다.

이렇게 삼열은 사람들에게 민폐를 끼치다가 연말에 굵직굵직한 광고 계약을 하였다.

스포츠 용품의 가장 큰손인 나이키와는 이미 전속 계약을 맺었기에 타이거 우즈나 로리 맥길로이만큼의 대박은 없었다.

하지만 이전과는 비교할 수 없이 올라버린 몸값에 삼열은 싱글벙글하였다.

"아, 나쁜 놈들 같으니라고. 돈 좀 기부한다고 도대체 얼마나 더 뜯어먹으려고 하는 거야? 내가 제일 많이 내는데 나에게 뜯어먹으려고 하다니."

삼열은 연습장을 나오면서 길에 굴러다니는 캔을 발로 찼다. 알루미늄 캔이 축구공처럼 일직선으로 날아갔다.

"엇, 이건 뭐야?"

"헐~!"

짜증이 나 눈에 보이는 캔을 냅다 발로 찼는데 맞은 사람은 다름이 아닌 베일 카르도 감독이었다. 다행히 얼굴을 맞기 전에 손으로 보호했기에 큰 불상사는 일어나지 않았다.

삼열은 잽싸게 달려가 얼굴에 미안한 표정을 가득 담아 파리처럼 손을 삭삭 비비며 말했다.

"감독님, 여기는 웬일이세요?"

"너, 일부러 찬 거지?"

"하하하, 그럴 리가 없죠. 제가 감독님을 얼마나 좋아하는데요."

"너, 내가 네 녀석이 새로 만들 자선단체에 기부한다는 것 알지?"

"그럼요. 헤헤."

삼열이 베일 카르도 감독의 눈치를 살피며 간신처럼 웃었다. 혹시라도 감독마저 자기에게 한턱을 내라고 할까 봐 미리 조심하는 것이다. 삼열은 동료 선수들에게 시달려 3일 연거푸 점심을 사야 했다.

"커피나 한잔하지."

"물론이죠. 감독님이 사시는 거죠?"

삼열의 말에 베일 카르도 감독은 무슨 말도 되지 않는 이야기를 하느냐는 표정으로 삼열을 바라보았다.

"네가 사야지, 당연히. 아니냐?"

"하하하! 물론 당연히 제가 내야죠."

삼열은 한턱을 내라는 것도 아니고 커피 정도야 못 살 것도 없다고 생각을 했다.

"그럼 제가 모시겠습니다."

삼열이 구내 커피숍에서 커피를 사와 베일 카르도 감독에게 주고 자신도 한 모금 마셨다.

"그런데 여기는 어떤 일로 오셨어요?"

"이제부터 연봉 협상을 해야 하잖아. 중요한 것은 에이전트가 알아서 하겠지만 네 생각을 좀 알았으면 해서."

"네? 그게 무슨 말인지?"

"연봉 협상이야 단장과 에이전트가 알아서 하겠지. 난 네 생각을 묻고 싶어."

"제 생각이라……."

"이제 월드시리즈도 우승했고 하니 몸값도 많이 올라가겠지. 난 네가 오랫동안 컵스에서 남아서 활약을 했으면 좋겠다. 넌 누가 뭐라고 해도 컵스가 키운 프랜차이즈 스타잖아. 너를 좋아하는 팬들이 이곳만큼 많은 곳도 없고."

"그렇긴 하죠."

삼열도 베일 카르도 감독의 말에 고개를 끄덕였다.

컵스의 팬들은 물론 컵스의 선수들조차 인종차별 없이 그를 좋아해 줬다. 아시아인이 미국에서 이렇게 인기를 얻기가 무척이나 힘든데 삼열의 경우는 그렇지 않았다. 이 모두가 컵스 팬들의 열린 마음 때문에 가능했다.

베일 카르도 감독은 삼열이 FA가 되면 옮기고 싶어 하는 것을 어느 정도 눈치채고 있었다. 사실 컵스가 전국적인 인기를 가지고 있는 구단이기는 하지만 메이저리그 최고 투수라고 할 수 있는 삼열을 마냥 붙잡고 있기에는 부족한 부분이 많았다.

미국 프로야구의 명문 구단으로 꼽는 팀은 양키스, 레드삭스, LA다저스다. 물론 컵스가 인기가 있기는 하지만 앞에 언급한 구단들과 비교하기에는 무리가 있었다. 최근에 컵스의 지명도가 많이 올라가긴 했지만 이는 사실 삼열의 인기에 힘입은 바가 컸다.

"우리 한번 끝까지 가보자."

삼열은 베일 카르도 감독의 말에 가슴이 뭉클했다. 처음에는 컵스에 트레이드되어 온 것이 싫어 컵스를 마땅치 않게 생각하고 있었다.

하지만 시간이 지나면서 컵스가 조금씩 좋아졌다. 하지만 그의 입에서 나온 말은 전혀 의외의 것이었다.

"감독님은 안 잘리세요?"

"뭐, 뭐라고?"

"뭐 감독님이 안 잘리고 계속 버티신다면 한번 생각해 볼게요."

"허허허, 잘 생각했다."

화를 내려던 베일 카르도가 삼열의 생각해 보겠다는 말에 웃으며 말했다. 생각해 보니 메이저리그 감독의 수명도 그렇게 길지는 못하였다.

언제까지 자신이 컵스에서 감독으로 있을지 장담할 수 없다.

자신이 양키스의 전(前) 감독 조 토리도 아니고 한 팀에서 10년 이상을 감독으로 있기는 사실상 불가능에 가까웠다.

조 토리의 경우 12년 동안 양키스에 있으면서 4번의 월드시리즈 우승, 10회의 아메리칸 동부지구 우승을 이뤘고, 그가 양키스에 있을 때 단 한 번도 빠지지 않고 포스트시즌 진출이라는 위업을 달성했다. 부럽지만 자신은 그렇게 할 실력이 되지 않았다.

베일 카르도 감독은 삼열의 말에 역시나 그가 구단을 옮길 생각이 있음을 파악했다. 하지만 그 의지가 강하지 않은 것을 알고는 안도했다.

프로의 세계는 의리나 양심이 결정에 끼어들 여지가 많지 않다. 더 좋은 대우를 해줄 수 없다면 놓아줄 수밖에 없는 것이 현실이다.

베일 카르도 감독이 삼열과 헤어져 사무실로 들어오니 존 스타인 사장이 기다리고 있었다.

"어서 오게."

"여긴 어인 일로 오셨습니까?"

마치 자신의 사무실이라도 되는 듯 존스타인이 활짝 두 팔을 벌려 베일 카르도 감독을 맞았다. 서로 가볍게 악수를 하고 앉았다.

비서가 커피를 내오자 존스타인이 향을 맡으며 베일 카르도에게 물었다.

"삼열이를 만났다고 하던데 어떻습니까?"

"애매합니다. 팀에 남을 것 같기도 하고 떠날 것 같기도 하고요."

"하하! 그 여우 같은 놈이 지 몸값을 높이려고 하는군요."

"네?"

"그놈은 천재입니다. 순진하게 판단하시면 안 됩니다."

존스타인의 말에 베일 카르도가 고개를 끄덕였다.

그도 삼열이 얼마나 머리가 좋은지 알고 있다. 다만 하도 악동의 이미지가 강해서 삼열이 천재라는 사실을 항상 잊어버렸다.

"아마 그는 몇 년 더 컵스에 머무른 다음 이적을 할 것입니다."

"그래요?"

베일 카르도가 눈을 크게 뜨고 존스타인을 바라보았다.

"삼열에 대해 조사를 좀 해보았습니다. 그는 레드삭스에 대해 유감이 많습니다. 그가 첫 퍼펙트게임을 이룬 게 레드삭스와의 경기였다는 것 아시죠?"

"물론이죠."

"그리고 컵스는 양키스에 비해 시장이 작습니다. 그가 있을 때 가능한 한 좋은 선수를 영입해서 그 이후를 대비해야 합니다."

"……"

전혀 예상하지 못한 존스타인의 말에 베일 카르도가 잠시 생각에 잠긴 듯했다.

"조 알렉산더 감독이 떠나면서 한마디 제게 하더군요."

"네에……?"

"그 녀석에게 월드시리즈에서 퍼펙트게임을 당하지 않았습니까? 그러니 누구보다 그 녀석의 가치를 잘 알 것입니다. 양키스는 처음부터 삼열에게 관심이 많았어요. 양키스는 레드삭스보다 더 많은 돈을 계약금으로 삼열에게 제시했지만 삼열이 양키스를 선택하지 않고 그쪽으로 간 것이죠. 그러니 이번에는 단단히 준비하고 달려들 것입니다."

"휴우, 그렇겠네요. 메이저리그에는 삼열이만 한 선수는 절대로 없으니까, 이해가 됩니다."

"양키스는 이제 곧 대대적인 세대교체에 들어갈 것입니다. 수년 안에 몇몇 선수를 제외하고는 고액 연봉자들도 다 정리가 되니 삼열에게 배팅하지 못할 이유가 없죠. 우리가 할 수 있는 것은 아마도 그를 몇 년 더 붙들고 있을 수 있느냐일 것입니다."

"그렇군요……."

존스타인의 설명을 들은 베일 카르도가 고개를 끄덕였다. 인정하기 싫지만 삼열을 계속 붙잡고 있기에는 컵스가 그릇이 작았다.

"그렇다면……?"

"그렇죠. 그 녀석이 있을 때 다시 월드시리즈를 우승하는 거죠. 있을 때 탈탈 털어서 벗겨 먹어야죠."

"그 녀석이 그렇게 당할까요?"

"끙, 그게 문제군요. 하하하."

존스타인이 베일 카르도의 말에 웃으며 대답했다.

어차피 프로구단에 몸을 담고 있으면 냉정해지게 된다. 어제까지 메이저리그에서 뛴 선수도 하루아침에 마이너리그로 내려보내야 하고, 승부를 위해선 어떤 일도 해야 한다.

"내가 감독을 찾아온 것은 선수들과 연봉 협상을 하기 위한 감독의 협조를 받기 위해서요."

"아, 그렇죠. 필요한 자료는 이미 준비되어 있습니다. 스태프들이 자료를 뽑아 오면 바로 제출하겠습니다."

"좋습니다."

존스타인이 웃으며 대답을 했다. 창밖에는 첫눈이 내리고 있었다.

*   *   *

삼열은 집으로 돌아가면서 생각에 잠겼다. 감독이 자신을 찾아온 것은 의외였지만 생각해 보니 그렇게 이상한 것도 아니었다.

만약 자신이 컵스에서 더 이상 뛸 생각이 없다면 아무리 구단이 좋은 조건을 제시해도 소용이 없기 때문이다.

삼열은 컵스에서 선수 생활을 하면서 너무나 많은 사랑을 팬들에게 받은 것이 부담으로 작용했다.

이렇게 많은 티셔츠를 사주고 응원을 해주는데 다른 구단으로 훌쩍 떠난다면 마치 배신을 하는 것 같았다.

하지만 아직도 레드삭스에서 쫓기듯 트레이드된 자신의 분한 감정이 생각날 때가 있다.

트레이드는 이해한다. 구단에 필요 없는 선수라면 언제든 트레이드를 시킬 수 있다. 계약서에 트레이드 거부조항이 있는 것도 아니었으니까.

하지만 그래도 자신에게 일언반구 없이 어느 날 갑자기 짐을 싸게 만든 처사는 정말 마음에 들지 않았다.

삼열은 그 생각을 하면서도 자신이 쫀쫀하고 뒤끝이 있는 성격이라는 것은 생각하지 못했다.

집에 다 오니 눈이 내리기 시작했다. 바람 한 점 없는 날에 눈이 내리고 있다.

처음엔 진눈깨비였던 눈이 눈덩이가 커지더니 이윽고 펑펑 내렸다.

첫눈치고는 정말 많이 내렸다. 문을 열고 들어가니 정원에서 줄리아가 제시와 뛰어놀고 있었다. 돼지 두 마리는 현관 입구에서 자기들끼리 꿀꿀거리며 놀았다.

"아빠, 아빠!"

줄리아가 삼열을 발견하고 놀던 것을 멈추고 쪼르르 달려와 삼열의 품에 안긴다.

줄리아의 뺨에 얼굴을 맞대니 싸늘한 감촉이 느껴진다. 오랫동안 정원에서 뛰는 것이 틀림없었다.

워낙 건강한 아이라 걱정이 되는 것은 아니지만 그래도 너무 많은 시간 밖에서 놀다가 감기라도 걸리면 어떻게 하나 하는 염려에 집 안으로 데리고 들어왔다.

"줄리."

"응?"

"눈이 더 오면 그때 아빠하고 눈사람 만들고 지금은 엄마 혼자 있으면 심심하니 안으로 들어가자꾸나."

"응. 아빠! 그런데 외삼촌 와 있어."

"외삼촌?"

"응, 존 외삼촌."

"그래. 그럼 왜 밖에 나와 있어. 삼촌하고 같이 놀지?"

"엄마하고 뭔가 이야기를 하던데."

"그래?"

삼열은 줄리아의 손을 잡고 안으로 들어갔다. 삼열이 들어오자 존과 이야기를 하고 있던 마리아가 빠르게 다가왔다. 거실에서 존이 삼열을 보고 환하게 웃고 있었다.

"아, 존. 오랜만이에요."

"어서 오게. 하하, 월드시리즈 우승 축하하네."

"감사합니다."

삼열은 마리아와 가볍게 키스를 하고 존과 악수를 나눴다. 삼열은 무지하게 바쁜 존이 자신의 집을 찾아온 것이 의아했다.

물론 연말이라 기업들도 한해의 마무리를 준비하고 있기는 했다. 그래서 상대적으로 시간의 여유가 있다.

NS사와 같은 세계적인 대기업은 연말이라고 해서 특별히 바쁠 것은 없다. 이미 회계년 보고도 끝났고 주주총회는 매년 3월에 있기 때문에 연말은 상대적으로 시간이 많았다. 그렇다 하더라도 워싱턴 본가를 가야 정상이지 이곳에 존이 올 이유는 없었다.

"여보, 오빠가 대단히 좋은 소식을 가지고 왔어요."

"뭔데요?"

"하하! 일단 자리에 앉지."

삼열이 거실의 소파에 앉자 마리아가 새로 커피를 내려 가져왔다. 줄리아는 삼열의 무릎에 올라와 삼열의 코를 붙잡고 장난을 쳤다.

"안테나 계약이 되었네."

"오, 그래요? 와우, 대단한데요."

"이전에도 몇몇 곳에서 로열티를 내고 사용하였는데 이번에 삼송전자와 계약을 했네. 아마도 다른 스마트폰을 만드는 회사와도 계약될 것이고 내년부터는 사업을 다각화해서 다른 분야로도 확대하기로 했네."

"아, 굉장한 소식인데요."

삼열도 삼송전자와는 CF 계약을 매년 하고 있어서 호의를 가지고 있는 기업이었다.

삼열에게 호감을 주는 기업은 별거 없다. 돈을 주면 호감을 가지고 아니면 대부분 무관심했다.

"삼송전자와 계약을 했는데 개당 단가는 그렇게 높지 않네. 알다시피 그 회사가 한 해 만드는 스마트폰이 엄청나게 많지 않은가."

"그렇죠."

여전히 애플의 스마트폰이 잘 팔리고 있기는 하지만 예전 같지 않았고 오히려 삼송전자나 HTC, 그리고 IG전자의 폰이 더 많이 나가고 있었다.

"다른 회사와의 계약은 없나요?"

"삼송이 안테나를 바꾸면 다른 회사들은 다 따라온다고 보면 되네. 특히 안테나에 결함이 많은 애플은 필연적으로 따라오게 되어 있지."

"애플이라… 애플?"

"왜 애플에게 무슨 유감이 있나?"

"아뇨. 내가 애플 제품도 안 쓰는데 무슨 유감이 있겠습니까? 다만 팀 쿡의 연봉이 부러울 뿐이죠."

"흐음, 그건 나도 부럽네. 실리콘밸리에서 가장 연봉이 높은 사람이지."

"그게 모두 중국 노동자들을 착취한 결과죠. 탈세에 가까운 절세로 만든."

"그건 뭐 대부분의 기업들이 세금을 줄이려고 노력을 하니 비난을 할 수는 없지만 공장을 가지지 않는 것은 좀 문제가 있지. 매년 1억 개의 스마트폰을 팔아먹지만 단 하나도 자신들의 공장에서 만드는 것은 없으니 말이야."

"뭐, 저와는 상관 없죠. 다만 그놈들은 돈이 많은 놈들이니 비싸게 계약을 하세요."

"그건 좀."

"아니면 계약을 하지 말든가."

"커험, 알겠네."

"아니, 지가 뭘 했다고 연봉을 3억 7,800만 달러나 받아요."

삼열이 애플에 유감이 있어서 비싸게 로열티 계약을 하라는 것은 아니었다.

다만 팀 쿡이 부러워서 그렇게 이야기를 한 것이다. 자신은 팔이 빠져라 던져도 그가 받는 연봉의 20분의 1밖에 못 받으니 샘이 난 것이다.

'나보다 부자들은 안 돼. 못되게 굴 거야.'

삼열이 생각하는 사이 줄리아는 어느새 거실에서 제시와 뛰어다니고 있었다.

"와아, 눈이다! 제시, 다시 가자."

"멍."

마리아도 줄리아가 떠들어 이야기할 수 없을 정도가 되니 밖으로 나가려는 줄리아의 옷을 챙겨주었다. 줄리아와 동물들이 나간 거실은 적막할 정도로 조용했다.

"내년에는 TV와 군용 안테나를 만들어 볼까 하네."

"군용요?"

"아, 납품용으로. 샘플만 만들어서 아웃소싱을 하는 거지. 군용으로 납품되는 것이 단가가 아주 좋거든. 군용 레이더만큼은 아니겠지만 연구해 보면 상당한 부가가치가 나올 것이야. 레이더에 기존의 안테나 원리를 적용해서 제품을 한번 만들어볼까 하네."

"아, 그것은 계약 조건에 없는 것이군요."

"그러네."

삼열이 NS사와 계약한 것은 오로지 원천 특허에 대한 로열티와 관련된 것 때문이었다. 군용 레이더를 만드는 기술은 전혀 다른 것이었다.

"그런데 그게 가능하나요?"

"물론이지. CDMA도 이론상의 설계였지. 하지만 한국이 상용화를 시키지 않았나. 이번에 이 레이더를 만드는 회사도 한국 회사에게 의뢰를 할 생각이네."

"아, 그래요? 좋군요."

존이 직접 삼열의 집으로 찾아온 이유는 새로운 계약서를 작성하기 위해서인 것 같았다. 계약에 관한 것은 마리아 담당이라 삼열은 슬그머니 빠져나와 정원에서 뛰어놀고 있는 줄리아에게 가서 함께 눈사람을 만들었다.

"아빠, 내 눈사람은 왜 이리 작아?"

"그건 네 눈사람이 밥을 잘 안 먹어서 그렇지. 너도 밥을 잘 안 먹으면 키가 안 커."

"히잉, 나 밥 잘 먹는데."

줄리아의 말대로 그녀는 식성이 좋았다. 하루 종일 제시와 뛰어다니니 밥맛이 안 좋을 수 없었다.

눈이 펑펑 내리는 정원에서 부녀가 뛰어다녔고 그 뒤를 제시와 두 마리의 돼지가 쫓아다녔다.

시간이 지날수록 세상은 하얗게 변해가기 시작했다.

5. 정수화

그 시각 한국에서의 삼열의 인기는 그 어떤 유명 연예인과
도 비교할 수 없을 정도로 엄청나게 올라갔다.

메이저리그를 정복한 한국인!

고아인 그가 루게릭병을 이기고 서울대 수석입학을 했다.
메이저리그에 진출하여 최고의 투수가 되었고 교통사고를 당
한 후에 스위치 피처가 되면서 마구 스크루볼을 던지는 모습
은 마치 만화 같았다. 그리고 마침내 시카고 컵스를 100년 만
에 월드시리즈 우승을 하게 만들었다.

시카고 컵스의 월드시리즈 우승은 그가 만든 것이었다..

삼열은 야구를 좋아하는 사람들이라면 놀랄 만한 이야기를 마구 뿌려대었다. 그래서 신문과 매스컴은 말할 것도 없고 사람들은 모일 때마다 시카고 컵스의 우승에 관해 이야기했다.

각 방송사는 어떻게 하면 삼열을 모셔갈까 하는 연구를 했지만 삼열은 미국에 있어 접촉하는 것 자체가 쉽지 않았다. 그런데 예능프로그램 중에서 한 곳이 삼열의 에이전트사인 샘슨 사와 컨택을 해왔다.

—한번 이야기를 해보겠습니다.

SBC 예능국장인 장호동은 샘슨 사의 생각하지도 못한 호의적인 반응에 놀라면서 초조하게 그 결과를 기다렸다. 촬영허락만 떨어진다면 국민MC 유재덕은 물론이요, 삼열이 만나기를 원하는 사람이 있다면 모두 섭외할 생각이었다.

"아직도 연락이 안 왔습니까?"

"샘슨 사의 말로는 아직 삼열에게 이야기하지 않았다고 하네. 시즌이 끝난 지가 얼마 되지 않아서 말이지. 일주일 안으로 삼열에게 연락하겠다고 했으니 기다려 봐야지."

"혹시 다른 방송사에서 먼저 낚아채 가는 것은 아닐까요?"

"그럴 가능성은 별로 없을 것 같네. 우리도 못 먹는 감 찔러나 본다고 연락을 해본 것 아닌가."

"하긴 그렇죠."

장호동은 자신의 바로 밑 부하직원인 이태성 부장과 이야기를 나누고 있었다.

그러고 보니 삼열은 몇 년 전에 아시안게임에 출전했을 때에도 예능프로그램에 출연한 적이 있었다. 그 생각을 하자 장호동은 조금 안심이 되었다.

"하여간 난놈은 난놈이야. 한국인으로 메이저리그에 진출하여 데뷔 첫해부터 최고 투수가 되었으니."

"올해 평균 자책점도 1.75랍니다. 시즌 27승 2패, 월드시리즈에서만 3승을 거뒀으니 말 다 했죠."

"그러게. 성사만 되면 대박인데."

"뭐 시청률은 못해도 50%는 나올걸요. 워낙 이미지가 좋잖아요. 아름다운 부인과 예쁘고 귀여운 딸. 남자나 여자 모두의 로망이라고 할 수 있죠."

"무슨 말이야?"

"남자는 예쁜 부인 얻는 게 로망이라면 여자들은 백마 탄 왕자가 로망이죠. 올해 삼열의 연봉이 2,300만 달러, 그리고 CF도 만만치 않죠. 들리는 말에 의하면 굵직한 기업들과 장기 계약이 계속 이루어지고 있다고 하던데요. 이보다 여자들의 로망을 채워주는 것은 없지 않습니까? 얼굴은 그다지 잘생기지 않았지만 평균 정도는 되고 키도 크고 운동선수니 정력도 좋을 것이고. 완벽 그 자체 아닙니까?"

"그렇군. 남자인 나도 삼열을 좋아하니까 말이지."

장호동이 초조하게 샘슨 사의 답을 기다리는 동안 삼열은 몰려드는 CF 계약 제의에 입이 찢어졌다. 삼열이 월드시리즈에서 파란을 일으켰기에 더욱 인기가 올라갔다.

특히 마구 스크루볼과 메이저리그 최초의 스위치 피처의 탄생은 메이저리그뿐만 아니라 야구를 잘 모르는 미국인들조차 삼열에 대해 관심을 가지게 만들 정도였다.

게다가 그가 일으키는 의외의 일들은 악동이면서도 귀여운 느낌이 있어 미국인들이 삼열을 아주 좋아했다.

삼열은 새로 계약하는 CF를 보며 흐뭇하게 미소를 지었다. 잘하면 타이거 우즈를 누를 수 있을 것 같았다. 다만 그것은 순수하게 운동만 해서 얻는 것이 아니라 안테나와 관련된 로열티도 포함된 것이었다.

전 세계에서 만들어지는 스마트폰은 한해 4억 개 전후다. 그중 반만 잡아도 2억 개의 스마트폰에 삼열이 특허 낸 안테나가 탑재되는 것이다.

'후후, 정말 놀랍군!'

안테나가 이렇게 파급력이 있는 것일 줄은 전혀 예상하지 못했다. 그냥 막연히 돈이 좀 되려니 생각했고 미카엘이 만든 것을 사장시키는 것이 마냥 아까워서 그의 허락을 받아 특허를 낸 것이다.

삼열은 돈이 들어올 생각을 하자 길을 가다가도 히죽히죽 웃었다.

돈을 버는 것은 습관이다. 벌어서 특별하게 무엇을 하겠다는 생각은 없었다.

지금도 평생 쓰고도 남을 돈이 있다. 한국에 있을 때는 한 달에 100만 원도 안 되는 아버지의 연금으로 살았다. 그런데 올해는 한 달에 35억 정도를 벌었다. 불과 10년도 지나지 않았는데 말이다.

'그런데 내가 이렇게 많이 벌어도 되나? 뭐 괜찮겠지. 그 이상한 아저씨도 한 해에 무려 4천억을 버는데.'

삼열은 팀 쿡을 생각하며 자신은 정말 적게 번다고 생각하기로 마음먹었다.

원래 인생이라는 것이 그렇다. 상위 1, 2위가 전체 50%를 먹고 들어가는 세상이다.

사람들은 브랜드를 따지고 기꺼이 로열티를 지불한다. 명품의 90% 이상이 브랜드의 로열티다. 1천만 원 하는 명품백의 재료비가 그렇게 들어가는 것은 아니다.

메이저리그 스타가 고액 연봉을 받을 수 있는 이유도 바로 이 이름값에 있다.

A.로드만이 뛰어난 선수이기는 하지만 그렇다고 하더라도

그가 메이저리그 평균 실력을 갖춘 선수들보다 10배나 잘하는 것은 아니다.

"열심히 벌고 마음에 걸리면 기부 좀 하면 되지, 뭐."

"뭐가요?"

삼열이 중얼거리는 것을 옆에서 듣고 있던 마리아가 궁금하다는 표정으로 삼열에게 물어왔다.

"아, 요즘 돈을 너무 잘 벌어서. 이렇게 벌어도 되나 하는 생각이 들더군."

"호호호, 그럼 CF 촬영을 좀 줄여요."

"그건 안 돼. 몸을 조금만 움직이면 한꺼번에 100만 달러씩 들어오는데 그것을 왜 안 해?"

삼열의 말에 마리아가 못 말리겠다는 표정으로 고개를 좌우로 흔들었다.

사실 그녀는 삼열이 뭘 하든지 말릴 생각이 애초부터 없었다. 삼열이 남에게 비난받을 일을 할 사람은 절대 아니라는 것을 누구보다 잘 알고 있었기 때문이다.

"아 참. 여보, 샘슨 사에서 한국 방송에 출연할 거냐고 물어보는데."

"아, 저도요?"

"그건 모르겠어. 샘슨 사가 말하기를 CF 촬영도 있고 하니 날 잡아서 찍자는데? 광고 계약금도 많이 올랐으니 그 정도

서비스는 해줘도 될 것 같다고 하면서."

이번에 한국 기업의 광고를 10개 정도 계약했다. 그중에 기존 이미지를 사용하지 않고 직접 촬영을 하는 기업 광고는 3개로 삼송전자와 현다이 자동차, 그리고 TK통신이다.

월드시리즈 우승은 삼열의 몸값을 2배 이상으로 폭등시켰다. 왜냐하면 월드시리즈 우승에 삼열이 결정적인 역할을 했기 때문이다.

삼열은 이 3개의 광고만 촬영하여도 600만 달러 가까이 벌기에 기꺼이 찍기로 했다. 이 정도의 금액은 메이저리그에서 2달은 던져야 버는 돈이다.

촬영 3번에 그렇게 큰돈을 버는데 안 할 이유가 없는 것이다. 문제는 마리아가 임신이라서 함께 움직이는 것이 조금 조심스럽다는 점이었다.

                    *   *   *

삼열은 12월에는 기초훈련만 하고 CF를 몰아서 찍기로 했다. 삼열이 CF를 찍는 것은 어려운 일이 아니다.

사실 삼열의 마스크가 잘생긴 편이 아니라서 광고 콘티를 짜는 작가들이 삼열에게 요구하는 연기는 난이도가 매우 낮았다.

삼열은 미국에서 2개의 광고를 찍은 후 한국으로 왔다. 제일 먼저 삼송전자의 광고를 찍고 하루 쉰 뒤 현다이차와 TK 통신 광고는 하루씩 이틀 연속으로 찍었다.

"여보, 이제 TV 출연만 하면 되는 것이네요."

"응. 그런데 이번에는 나 혼자 나가야 할 것 같아. 이전 프로그램에서는 그냥 토크만 하면 되었는데 지금은 하루 종일 뛰어야 하는가 봐."

"아, 그래요? 아쉽다."

"뭐가, 뭐가?"

줄리아가 동물들과 놀다가 지쳤는지 다가와 물었다. 삼열은 마리아가 임신 상태라서 혼자 한국에 올까 생각도 해봤지만 마리아가 원하지 않았다.

"그런데 여보, 저는 한국이 이상하게 친근해요. 당신이 태어난 나라라서 그런 것 같아요."

"어, 정말. 그런데 당신, 힘들지 않아?"

"그래도 그때보다는 여유가 있어서 좋아요. 단순히 광고만 찍으면 되잖아요. 방송 출연은 당신이 좋아서 하는 것이고요."

"좋아서 하는 것은 아냐. 너무 날로 돈을 먹는 것 같아서 서비스 차원으로 찍는 것이라고. 이렇게 연예프로그램에도 나가줘야 내게 돈을 지불한 회사들이 좋아하지."

"그래요?"

"물론이지. 그래야 내년에도 또 해먹을 수 있지."

마리아는 삼열의 말에 말없이 미소를 지었다. 남편을 바라보는 그녀의 눈에는 짙은 신뢰와 사랑이 담겨 있었다.

정수화는 신문을 보고 깜짝 놀랐다. 삼열이 다시 한국에 온 것이다.

신문과 방송에서 그에 대한 기사가 연일 나오고 있었다. 몇 년 전 아시안게임에 삼열이 나온다는 뉴스를 보고 혹시나 볼 수 있을까 하고 그가 묵었던 호텔에도 가보았었다. 하지만 운이 나빴는지 그를 만날 수 없었다.

"휴우~"

수화는 낮은 한숨을 내쉬었다. 삼열과 헤어지고 나서 얼마 지나지 않아 지금의 남편을 만나 결혼했다. 남편과는 결혼 초에 너무 맞지 않아 불행한 나날들의 연속이었다.

한때 우울증에 걸릴 뻔하기도 했다. 삶을 살아가는 것이 그때는 전쟁과도 같았다.

하지만 지금은 아이가 태어나면서 어느 정도 극복이 되었다.

수화는 잠을 자고 있는 아들 수찬이를 보았다. 외모는 남편을 빼다 닮았지만 눈매와 입은 자기를 닮았다. 씨도둑은 못한다는 말이 있더니 그 말이 정말 맞았다.

이렇게 사는 것도 나쁘지 않다고 생각할 무렵 삼열이 다시 한국에 온 것이다.

신문에 실린 삼열의 사진을 보고서야 왜 자신의 삶의 한 부분이 그렇게 무거웠었는지 알게 되었다. 사랑했던 사람과의 이별은 그녀가 예상하지 못한 마음의 큰 상처를 남겼다.

그 상처가 너무 깊어 그녀 스스로도 돌아보기를 꺼릴 정도였다. 하지만 이제 시간이 많이 지나가서인지 여유를 조금 가지고 뒤를 돌아보니 자신이 상처를 입었다고 생각했던 것들이 사실 그렇지 않다는 것을 깨달았다.

상처를 주었으면서, 마음에도 없는 이별을 말하고 그것을 받아들인 삼열에게 실망감과 배신감을 느꼈다. 단 한 번도 매달리지 않았던 그가 원망스러웠다.

흔들리는 자신을 붙잡아주기를 원했다. 하지만 돌이켜 보니 그는 그럴 수밖에 없었다는 것을 깨달았다.

장모 될 사람에게 신발로 맞고 냉대를 받았던 그의 상처를 전혀 생각하지 못했다.

나의 상처가 너무 커 상대방의 아픔을 보지 못했었다. 이제 한 아이의 엄마가 되어보니 지난날의 연애감정이 그립기는 하지만 생각처럼 절실하지는 않았다.

'그를 보면 어떨까? 그때처럼 마음이 설렐까?'

수화는 자리에서 일어났다. 수찬이를 유모에게 맡기고 차를 몰았다.

SBC의 방송 촬영이 되고 있는 곳으로 무작정 갔다. 그를 보고는 무슨 말을 해야겠다는 생각도 없이 막연히 가야 한다는 생각뿐이었다. 가서 얽힌 것을 풀고 용서를 빌고 싶었다.

그녀는 자신의 삶을 왜곡시켰던 근원적인 원인을 마침내 발견한 것이다.

수화는 촬영장에 도착하고서 어떻게 해야 할지 몰랐다. 막상 왔지만 촬영장 근처에 있는 많은 사람을 보니 엄두가 나지 않았다.

'그를 볼 수 있을까?'

수화는 촬영장 근처에 오자 초조해졌다. 다시 그를 만나 꼭 그에게 과거의 일을 용서받고 싶은 마음뿐이었다.

삼열이 일찍 촬영장에 나와 보니 이미 수많은 촬영 스태프와 감독, 출연진이 모두 나와 있었다.

"어, 어~!"

"헉, 강삼열이다. 오, 믿을 수 없어."

국민꼬마 하동우가 눈을 크게 뜨고 소리를 질렀다. 그 옆에서 '어, 어'만 연발하던 국민기린이 목을 치켜세우고 삼열을 빤히 쳐다보았다.

MC들에게는 삼열의 출연이 미리 통보가 되지 않았는지 굉장히 놀라고 있었다. 그래도 국민MC 유재덕이 대표로 삼열을 반갑게 맞이했다.

공교롭게도 한국에서 두 번 출연했는데 모두 그가 MC를 보는 프로그램이었다.

"이거, 오랜만에 뵙습니다. 그때 보고 못 봤었는데……."

"네. 잘 지내셨어요, 유느님."

"헐, 대박이다. 나도, 나도 악수 좀 해줘요."

국민꼬마가 손을 내밀자 그 뒤에 MC들이 줄을 섰다. 그는 악수하고는 갑자기 종이를 뒤져 사인을 부탁한다.

삼열은 피식 웃으며 주소를 남겨주면 야구공에 사인해서 보내주겠다고 이야기를 하자 모두 만세를 불렀다. 여자 MC인 송지인도 좋아하는 모습에 삼열은 자신이 환영받고 있다는 느낌이 들어 기분이 좋아졌다.

삼열은 기존의 출연진들처럼 이틀 동안 촬영을 할 수 없기에 에피소드 위주로 찍기로 했다. 이전까지 방송해 왔던 방식과는 전혀 다른 진행이었다. 일단 오프닝에서 가능한 한 많은 컷을 찍어 방송 시간을 확보하고 간단한 게임을 하기로 했다.

정만호 PD는 시청자들이 국민영웅 삼열이 프로그램에 나와 무작정 뛰는 것보다 그의 이야기를 더 좋아할 것이라고 생각했다.

삼열이 나온다고 했을 때 무엇을 찍느냐가 중요한 것이 아님을 그는 본능적으로 알았다. 월드시리즈 우승을 했으며, 메이저리그 최고의 스타를 촬영 시간 내내 뛰게 하는 것은 예의가 아니라고 생각한 것이다.

그래도 콘셉트 자체가 뛰는 프로그램이라 오늘은 5시간 정도만 뛰는 촬영을 하기로 했다.

"그럼, 따끈한 차라도 한잔하시면서 이야기를 나누시죠."

유재덕이 정만호 PD의 설명을 듣고 금방 방송의 감을 잡고 인도했다. 회의실에 도착하여 근처에서 공수해 온 커피를 마셨다.

"와우, 역시 국민영웅 강삼열이 나오니 커피가 달라. 우리끼리 할 때는 캔 커피를 주고 이번에는 별다방 커피야."

하동우가 소리를 지르자 유재덕이 당황한 듯 '아니, 귀한 손님을 모셔놓고 이 무슨 짓입니까?'라고 하자 그제야 자신의 추태를 깨달은 국민꼬마가 표정을 바꿔 간신처럼 웃으며 '좋은 커피를 마실 수 있게 해주셔서 감사합니다.' 하고는 자리에 앉았다.

"강삼열 선수의 부인께서는 안 오셨나요?"

"아니요. 딸과 함께 와서 근처에서 쉬고 있을 겁니다."

"아니, 심심하실 텐데 이리로 모시지 않으시고요."

"아, 오늘은 하루 종일 뛴다고 해서요."

"하하, 부부 금실이 무척 좋으신가 봅니다."

"아내가 배려를 많이 해주고 있으니까 좋을 수밖에 없죠."

"그럼 이리로 오시라고 하시죠. 뛸 때는 뛰더라도 지금은 함께 이야기를 나눌 수 있지 않습니까? 방송 출연 경험도 있으시니 부담도 많이 되지 않으실 터인데요."

"아, 그럴까요."

삼열은 양해를 구하고 전화를 걸어 마리아에게 상황을 설명하자 마리아가 온다고 했다. 잠시 후에 마리아와 줄리아가 왔다. 제시와 돼지 두 마리도 따라왔다.

"아빠."

줄리아가 삼열의 옆으로 가 의자에 앉자 스태프들이 서둘러 마리아의 자리도 만들어 주었다.

마리아와 줄리아의 출현에 방송 분위기가 부드러워졌다. 유재덕이 웃으며 마리아의 임신을 축하했다.

"이런 말씀드리기 뭐한데 그때도 임신하셨었는데요, 이 예쁜 따님이 그때 배 속에 있었던 거죠?"

"네, 호호. 줄리도 그 사실을 알고 있어요. 그래서 이곳에 굉장히 오고 싶어 했어요."

마리아의 유창한 한국말에 MC들이 모두 놀라는 눈치였다. 마리아가 한국말을 할 줄 아는 것을 이미 알고는 있었지만 막상 앞에서 한국어를 하는 것을 보고는 놀라워했다. 그만큼 마리아의 한국어 실력이 늘어서 외국인이 말하는 것 같지가 않았다.

줄리아가 자신에 대한 이야기를 듣고 눈을 동그랗게 뜨면서 사람들을 바라보자 마리아가 웃으며 영어로 설명해 줬다. 제시와 두 마리 돼지는 얌전하게 바닥에 누워 있었다.

"그런데 동물들이 참 조용하군요."

"아, 세 마리 다 훈련을 전문적인 곳에서 받았어요. 평상시는 정신없이 까붑니다."

"아, 그렇군요. 저도 애완견을 키우고 싶지만 엄두가 나지 않는데 한번 고려를 해봐야겠군요."

"네. 키우면 아이들이 좋아해요."

시간이 지나면서 촬영이 순조롭게 진행되었다. 1시간 동안 토크 시간을 가지려고 했던 애초의 계획이 2시간으로 늘어났다. 그만큼 삼열에 대해 궁금한 것이 많았고 들으면 들을수록 흥미진진했기 때문이다.

"이쪽으로 오시죠."

"고마워요."

마리아는 스태프의 도움으로 편안한 소파에 앉았다. 원래는 간이의자를 쓰려고 했었지만 마리아가 임신 중이라는 사실을 알고 소파로 급히 교체한 것이다.

상당히 넓은 공간에 탁자와 소파만 덩그러니 놓여 있다. 원래 이곳은 게임이 시작되면 아웃된 출연진이 머무는 장소다.

정만호 PD는 시청자들이 마리아에 대해 많이 궁금해하는 것을 알고 있기에 의도적으로 이렇게 자리를 배치한 것이다. 삼열과 마리아 모두에게서 촬영 분량을 뽑아낼 요량이었다.

그래야 짧은 시간에 촬영하는 핸디캡을 극복하고 원하는 만큼의 방송 분량을 뽑을 수 있다.

"엄마, 엄마, 여긴 너무 썰렁해."

"뭐."

"아, 잠시만 기다리시면 낙오된 출연진이 오게 될 것입니다."

"아, 네."

"뭐야, 뭐야?"

줄리아가 궁금한 듯 정만호 PD에게 물었다. 그는 난감했다.

꼬마가 하는 말은 알아듣겠는데 설명할 방법이 없었다. 할 수 없이 그는 갤럭시 탭으로 지난 방송들을 보여주었다. 한국어를 알고 있는 마리아가 방송을 보고서 금방 이해하고는 잠시 줄리아에게 설명해 주었다.

줄리아가 심심한지 입을 앞으로 쭉 내밀었다. 온몸이 근지러웠다. 움직이고 싶어 몸이 들썩들썩했다. 그것을 보고 마리아가 조용한 어조로 말했다.

"줄리, 아빠 일하시잖니."

마리아의 말에 줄리아의 몸이 움찔하더니 자리에 얌전히 앉아 있었다. 그 밑의 동물들도 어린 주인의 눈치를 보며 가만히 있었다.

정만호 PD는 원래 전체 촬영을 지휘해야 했지만 마리아 때문에 자리를 비울 수 없었다. 미국 정가의 가장 영향력 있는 상원의원의 딸을 창고 같은 이곳에 혼자 방치하는 것은 마음에 걸렸기 때문에 촬영 B팀의 감독에게 그쪽 촬영을 맡겨 버렸다.

'인터넷에 무슨 말이라도 나오면 정말 곤란하지.'

정만호 PD는 가능한 한 편의를 봐주려고 모든 노력을 아끼지 않았다. 그렇게 하는 것이 나중에 출연자가 아웃되어 이곳에 도착했을 때 원만한 촬영에 도움이 될 것이라고 생각했다.

게다가 그는 마리아, 줄리아와 함께 있는 것이 은근히 즐거웠다.

일단 눈이 즐거운 것을 떠나 마리아는 굉장히 친절하고 잘 웃었다. 임신으로 몸이 무거울 터인데도 혹시라도 자신이 불편해할까 봐 배려를 해주는 모습을 보였다.

'아! 삼열이가 과연 전생에 나라를 구하긴 구했구나.'

그는 집에 있는 호랑이 같은 마누라를 생각하며 은근히 부러워했다. 남들은 방송국 PD라고 하면 대단하다고 생각하지만 한집에서 사는 부인의 입장에서는 그렇지 않았다.

하루가 멀다고 외박에 야근을 밥 먹듯이 하니 점수를 다 까먹어 마누라 잔소리를 얻어먹지 않으면 다행으로 생각하며 살고 있었다.

삼열은 뛰었다. 출연자 중에 유일한 여자인 송지인과 짝이 되어 다른 팀의 이름표를 떼면 이기는 것이다. 삼열과 함께한 송지인이 조심스러운 표정으로 말한다.

"어떻게 하는지 아세요?"

"이름표 떼면 되는 거 아니에요?"

"그렇기는 하지만 방송 분량을 생각해야 하거든요. 그래서 조금 재미있게 하실 필요는 있어요."

"흠, 그렇군요. 그런 것은 걱정하지 마세요. 제가 확실하게 보장할게요."

"아, 네."

삼열의 호언장담에도 송지인이 불안한 눈으로 바라보았다. 그 모습을 보며 삼열이 송지인에게 짓궂게 말했다.

"송지인 누님, 걱정하지 마세요. 월요 파트너를 안 잡고 대신 능력자를 잡으면 되죠?"

"어머, 그건 아닌데. 누님이라고 하니까 이상해요."

"말 놔요. 누나는 제 아내하고 나이가 같으신데."

"어머, 그래요?"

"우리는 부부니까 아내가 내게 존대를 하는 거고요. 대부분 영어로 말하니 존댓말은 특별히 없는데 어투에서 상대를 존중하는지 아닌지 알게 되긴 해요. 하지만 여기는 한국이잖아요."

"그렇죠."

갑자기 삼열이 송지인과 떨어져 뛰어갔다.

"어, 같이 가요."

삼열이 뛰자 반대편에서 놀라 후다닥 도망가는 것이 보였다. 유난히 눈이 좋은 삼열의 시야에 카메라를 든 스태프가 보였다. 당연히 제거하여야 할 적이라고 생각하고 삼열은 뛰어간 것이다.

국민꼬마 하동우가 놀라 도망가다가 뒤를 돌아보는 순간 삼열의 손에 그의 이름표가 들려 있었다.

"헉! 이건 아니야, 아냐. 말도 안 돼."

그 특유의 억지가 나왔다. 송지인은 깜짝 놀랐다. 뛰는 속도가 장난이 아니었던 것이다. 그리고 게임의 요령을 잘 알고 있는 하동우가 이렇게 쉽게 죽을 줄 그녀는 전혀 예상하지 못한 것이다.

'어, 이러면 방송 분량이 안 나올 터인데.'

송지인이 걱정을 하는데 삼열이 하동우와 뭔가를 이야기한다.

"정말, 정말?"

"그럼요."

"거짓말 아니지?"

"네."

"우헤헤, 그럼 빨리 가야지."

하동우가 사라지자 송지인이 궁금한 표정으로 물었다.

"뭐라고 하셨어요?"

"뭐, 별거 없어요. 제 아내가 미국의 팝스타나 배우들 잘 알고 있다고 말했어요. 말만 잘하면 사인을 받아줄지도 모른다고 했죠."

"정말요?"

"그럼요. 사실 잘 알지는 못하고요 그냥 사인받을 정도는 알고 있을 거예요."

"와아, 그럼 저도 부탁해도 돼요?"

"말만 그렇다고요."

"네에?"

"아내가 임신해서 알고 있어도 가서 부탁하기 힘들걸요."

"피이, 그럼 사기네요."

"맞아요. 하동우 씨가 사기를 잘 치기에 저도 따라 해봤죠."

"뭐예요?"

하동우가 진행요원들에게 붙들려 감옥에 왔다. 그는 오자

마자 마리아에게 자기가 좋아하는 연예인의 사인을 받아달라고 했다.

"네에? 저 그 연예인 몰라요."

"그럴 리가요. 삼열 선수가 사인 받아다 줄 수 있다고 말했는데요."

"어머, 그럼 제 남편에게 당하신 거네요."

"네에?"

하동우는 아직도 무슨 일이 벌어졌는지 이해가 되지 않았다. 메이저리그를 평정한 삼열이 자신에게 거짓말을 했을 것이라고는 전혀 생각을 하지 못했다.

"말도 안 돼. 말도 안 돼."

그는 과장된 행동으로 자신의 머리를 쥐어뜯었다. 그 모습을 줄리아가 재미있다는 표정으로 바라보았다.

"우리 아빠 욕했지?"

"엉?"

"제시, 물어!"

줄리아의 말에 제시가 벌떡 일어나 입을 벌려 으르렁거리며 이를 드러냈다. 생긴 것은 순하게 생겼지만 제시는 초대형견으로 체고가 70㎝나 되는 개다.

"아냐, 아냐. 나 잘못한 거 없어."

"줄리, 안 돼. 장난치지 마."

"왕!"

제시가 하동우를 향해 달려들었다. 하동우가 깜짝 놀라 뒤로 넘어지며 필사적으로 벽에 붙으려고 했다.

툭.

제시가 하동우의 발을 머리로 건드렸다. 그제야 뒤를 돌아본 그는 제시가 자신의 다리에 머리를 기대 비비고 있는 것을 보고 안도의 한숨을 내쉬었다.

"에휴, 죽는 줄 알았다."

하동우는 재빨리 일어나 줄리아를 야단치려고 했지만 그렇게 할 수가 없었다. 자신은 영어를 모르고 줄리아는 한국말을 몰랐다. 정만호 PD가 카메라에 잡힌 그림들을 보며 흐뭇한 미소를 지었다.

줄리아의 장난에 혼이 난 하동우가 한동안 말없이 마리아와 줄리아의 눈치를 살폈다.

"너, 엄마가 그러면 된다고 했어, 안 된다고 했어?"

"안 돼, 안 돼. 하지만 여긴 너무 심심해."

"줄리, 가서 사과해."

"응."

줄리아는 마리아의 잔소리가 듣기 싫어 재빨리 대답했다. 어쨌든 장난을 쳐서 재미가 있었으니 목적을 달성한 것이다.

하동우의 앞에 다가가 줄리아가 손을 내밀었다.

"뭐, 뭐 어떻게 하라고?"

"I'm sorry."

"왓?"

"미안해."

하동우는 졸지에 '아임 쏘리'도 못 알아듣는 놈이 되고 말았다.

그는 이해가 되지 않았다. 천사 같은 얼굴을 하고서는 어떻게 그런 심한 장난을 아무렇지도 않게 할 수 있는지. 그 큰 눈을 보면 정말 사랑스러웠다.

그녀에게 약간 화가 나 있지만 화를 낼 수가 없었다. 국민 꼬마라는 캐릭터라도 어린 꼬마에게 소리를 못 지를 그가 아니었지만 왠지 이번에는 그래서는 안 될 것 같았다.

"괜찮아. 이 오빠 쿨해."

"응, 쿨해!"

하동우가 줄리아의 손을 잡고 악수를 했다. 비록 자기에게 장난을 쳤지만 웃는 모습이 너무 사랑스러워서 자신도 이런 딸을 낳고 싶어졌다.

아웃이 된 출연자들이 속속 등장해서 마리아와 이야기를 하며 방송촬영을 하고 있을 때 줄리아는 엄청나게 심심했다. 그녀는 한국어를 할 줄 몰랐다. 가벼운 몇 마디의 한국말을 알아들을 뿐이었다.

"헤이, 줄리아. 한국말 몰라?"

"나 알아."

"와, 정말?"

"응."

"한 번 해봐."

국민기린이 심심해하는 줄리아를 보며 선량한 표정을 지었다. 키가 크다고 하지만 말라서 그런 것이고 사실 그는 삼열이보다 6㎝나 더 작았다.

"여보, 사랑해, 쪽!"

"……"

"……?"

"여보, 예뻐."

줄리아의 말에 모두 벙찐 표정을 지었고 마리아는 얼굴을 붉혔다.

"다른 말은 몰라?"

"이게 다야."

"아, 그렇구나. 부부 사이가 굉장히 좋으신가 봐요."

노골적인 기린의 말에 마리아가 웃으며 대답했다.

"네, 좀 좋아요. 지금 제 배를 보세요."

마리아는 일부러 자신의 배를 과장해서 내밀었다. 여자의 신체를 보기가 민망해진 남자 출연자들이 모두 고개를 돌렸다. 안 봐도 알 수 있는 내용이기 때문이다.

다시 심심해진 줄리아가 가만히 소파에 앉아 있으니 제시가 느릿느릿하게 방을 왔다 갔다 했다. 그러자 돼지 두 마리도 그 뒤를 따라 왔다 갔다 했다.

뛰어다니고 싶지만 가만히 있는 어린 주인이 무서웠던 것이다. 그 조그마한 주먹에 맞으면 아무리 제시라 해도 버틸 수가 없다. 그렇다고 주인을 물 수는 없으니까.

"제시!"

줄리아가 부르자 흠칫 놀란 제시가 재빨리 다가와 복종의 표시로 배를 드러내 놓고 애교를 피웠다. 줄리아의 눈이 작아진 것이 잘못하면 맞을 것 같았기 때문이다.

"이리 와."

줄리아가 자신의 앞을 작은 손으로 톡톡 치자 재빨리 다가와 줄리아의 손을 혀로 핥고 얼굴을 비볐다. 그 모습을 보고 사람들은 모두 신기한지 말도 못 하고 줄리아와 동물들을 번갈아 바라보았다. 시간이 지나면서 아웃이 된 사람들이 점점 늘어났다.

송지인은 정신이 없었다. 눈앞의 삼열이 빠르게 뛰어가면 영락없이 상대방의 이름표를 가져왔다. 방송 분량을 위해 같이 다니지만 정말 어이없을 정도로 쉽게 상대의 이름표를 뜯었다.

가장 어이가 없는 것은 헬스보이 능력자가 삼열의 보디체크에 나가떨어진 다음 한순간에 이름표를 뜯긴 것이었다. 그 모습을 본 모든 사람이 놀라 입을 벌리고 말도 못 했다.

넘어져 이름표를 뜯긴 능력자도 어이가 없는지 멍하게 있었다. 삼열이 손을 내밀어 일으켜 세우자 그가 일어났다.

"아니, 삼열 씨. 이거 뭡니까?"

"미안합니다. TV로는 너무 강한 캐릭터로 나오시기에 정말 그런 줄 알고 좀 심하게 했어요."

"아, 나 미쳐. 그동안 나 연기한 거 아니에요. 시청자들이 보시면 오해를 하실 텐데, 절대 짜고 하지 않았습니다. 이건 정말 리얼입니다. 100% 리얼요. 가짜라면 이렇게 하지 않았겠죠."

그의 변명에 삼열이 맞장구를 쳐졌다.

"맞습니다, 시청자 여러분. 제가 말도 못하게 일방적으로 강하기 때문입니다."

삼열의 말에 능력자 김종구는 어이없는 표정으로 있었다. 그 모습이 그대로 카메라에 찍히고 있었다.

"오빠, 오빠가 당한 거 맞아. 삼열 씨 엄청 빠르고 강해. 아무도 못 당했어. 그래도 오빠가 제일 많이 버틴 거야."

"어?"

"오빠는 그래도 이름표를 뜯는 것이라도 봤지 다른 출연진들은 내가 미처 따라가기도 전에 끝나 버렸어."

"그래?"

"정말 걱정된다. 방송 분량 안 나올까 봐."

"혹시 다시 찍어야 하는 거 아닐까?"

"정말 그러면 안 되는데. 나 내일은 약속 잡았단 말이야. 정만호 PD 말만 믿고 잡았는데."

5시간을 찍기로 계획을 했는데 1시간도 안 되어 끝나버렸다. 그러니 이 둘이 걱정을 하는 건 전혀 무리가 아니었다.

다른 때 같으면 이틀 연속으로 촬영해서 2주 방송을 하는데 오늘은 잘못하면 1회 분량도 안 나올 것 같았다.

일행이 모두 아웃되어 대기석에 들어오자 정만호 PD가 촬영 B팀의 감독인 이종철에게 물었다.

"이렇게 끝나도 되겠어?"

촬영 시간이 너무 짧아 은근히 그도 걱정이 되었다.

"방송 분량은 어느 정도 나올 것 같은데요."

"그래?"

정만호 PD는 이종철의 말에 다소 안심이 되었지만 그래도 걱정이 되었다. 하긴 다른 출연진들의 녹화된 내용을 집어넣으면 안 될 것도 없을 것 같았다.

촬영이 일찍 끝난 덕에 토크 타임이 길어졌다. 이런 분야에 능숙한 국민MC 유재덕이 부드럽게 대화를 이끌었다. 덕분에 촬영은 예상보다는 조금 일찍 끝났다.

"이렇게 빨리 끝나니 이상한데."

"그러게 말이야. 우리 이따 한잔할까?"

"형은 술 못 마시잖아."

"말이 그렇다는 것이지. 너무 일찍 집에 들어가면 이상할 거 같아. 밤샘하고 들어간다고 했는데 본의 아니게 거짓말을 한 것이 되잖아."

"오랜만에 뭉칠까?"

"좋지. 그럼 삼열 씨는 어떻게?"

"아, 저는 아내가 임신 중이라 곤란해요."

삼열의 말을 듣고 마리아가 손으로 자신의 배를 가리켰다. 아직 배가 많이 나오지는 않았지만 확실히 임신한 티가 나는 몸이었다.

삼열은 일찍 끝나 촬영장을 벗어나 차를 타려고 하는데 무언가 이상했다. 그는 뒷골을 잡아당기는 느낌을 받고 뒤를 돌아보았다. 자신을 바라보는 사람 중에 눈에 익은 사람이 있었다.

"아, 이거."

삼열은 어떻게 해야 할지 몰랐다. 촬영 장소에 온 사람들은 모두 이 프로그램을 좋아하는 팬들이다. 그런데 그녀가 이곳에 오다니!

자신을 바라보는 눈빛이 몹시도 이야기하고 싶어 하는 것 같아 외면하기도 힘들었다. 그래도 한때 사랑했던 사람이다. 삼열은 할 수 없이 마리아에게 잠시 기다려 달라고 하고 수화를 만나러 갔다.

"오랜만이네요."

"정말… 오랜만이야. 그동안 잘 지냈어?"

"네. 잘……."

"부인하고 같이 왔지?"

"네. 뒤에서 기다려요."

"그동안 너를 만나서 꼭 할 말이 있었어."

"안 하셔도 돼요. 무슨 말을 할 것인지 아니까요. 나 괜찮아요. 누나 원망 안 해요. 그때도 그랬고 지금도 그래요. 그러니 마음에 두지 마세요."

"그래도 미안하다고 말하고 싶었어. 그리고 나를 용서해 줬으면 좋겠어."

"물론 용서하고말고요. 그러니 마음에 제 그림자를 남겨두지 마세요. 아 참, 제 아내와 딸을 소개시켜 줄게요."

"아, 그, 그래……."

삼열이 마리아에게 걸어갔다. 귀여운 아기가 삼열의 말에 팔짝팔짝 뛰었다. 수화는 눈에 어리는 눈물을 억지로 참았다.

'행복해 보여서 다행이야.'

수화는 말없이 자신이 한때 목숨보다 더 사랑했던 남자의 뒷모습을 바라보았다.

태양이 하늘에서부터 흐릿한 빛으로 사라지고 있었다. 기억 속의 행복했던 추억들도 어두워지는 주변에 스르륵 녹아내리는 것 같았다.

수화는 삼열의 부인을 만나 인사를 잠시 나누고 헤어져 집으로 돌아갔다.

그녀를 만나는 것은 불편했지만 피할 수 없어서 만났다. 만나고 보니 삼열이 좋은 여자를 만나 행복하게 사는 것을 깨달았다. 마음 한편이 저리면서도 시원했다.

차를 몰고 집으로 돌아가는데 마음속에 응어리진 얼음들이 어느새 사라지고 없었다.

어린 날의 잘못된 선택으로 사랑을 잃었지만 그렇다고 삶을 통째로 잃고 싶지는 않았다.

삶은 어쨌든 행복하게 살아야 한다. 그래서 여기에 왔고 너무나 싱거운 만남을 통해 용서와 치유를 받았다.

기억 속에서만 심각했던 첫사랑은 현실 속에서는 티끌처럼 가벼웠다. 기억이 머무는 동안 자신이 살아가는 현실은 빠르게 지나갔기 때문이다.

그 시간의 때가 이 짧은 만남으로 인하여 마치 목욕이라도 한 듯 말끔히 씻겼다.

이젠 정말 안녕이다.

수화는 흘러내리는 눈물을 혀로 살짝 맛을 봤다. 짤 줄 알았던 눈물이 생각 외로 달콤했다.

6. 컵스를 떠나다

마리아는 삼열이 수화를 만날 때 뒤에서 그녀를 보았다. 결혼하기 전 삼열의 집에서 그녀의 사진을 우연히 보았었다.

그녀와 이야기하는 남편을 보자 이성과 달리 가슴이 두근두근 거칠게 뛰었다. 집으로 돌아오는 내내 마음이 불안했다.

왜일까?

그녀는 자신의 마음을 이해할 수 없었다. 심리학을 전공한 자신이 이렇게 마음이 불안해지는 것을 이해할 수 없었다. 하지만 사랑하는 만큼 예민해지는 자신의 감정이 문제였다.

밖으로 내색하지 않으려고 해도 얼굴이 굳어졌는지 호텔로 돌아오는 내내 삼열이 마리아의 눈치를 보면서 조심스러운 태도를 보였다.

마리아는 남편이 그녀를 소개해 주었을 때 놀라서 어찌할 바를 몰랐다. 하지만 마리아는 태연하게 그녀를 만나 환하게 웃으며 인사를 했다.

그녀는 남편을 절대적으로 믿었다. 그러기에 인사를 했지만 기분이 좋지 않은 것은 어쩔 수 없었다. 남편의 옛날 애인을 만나는 것은 그녀에게 끔찍한 일이었다.

호텔로 돌아와 피곤해진 마리아는 저녁도 먹지 않고 목욕을 했다. 뒤따라 들어온 삼열이 마리아의 옆에 가만히 누웠다.

삼열은 마리아의 기분이 좋지 않은 것을 알고 조심스럽게 대했다. 따뜻한 물에 몸을 담그고 슬쩍 마리아의 눈치를 살폈다. 기분이 나쁜 것은 확실하지만 그렇다고 화가 난 것 같지는 않았다.

삼열은 조심스럽게 팔을 뻗어 마리아의 머리를 당겨 팔베개를 해줬다. 마리아는 거부하지 않고 삼열의 어깨에 머리를 기대었다.

"미안해. 어쩔 수가 없었어. 그녀가 이야기하고 싶어 했어. 그리고 내가 거절하면 그녀에게 무엇인가 문제가 생길 것 같았어."

"알아요. 그 이야기는 하지 마요. 우리 사이에 그녀를 끼워 넣고 싶지 않아요. 난 당신을 믿어요. 단지 요즘 내가 아기 때문에 예민해진 것 같아요."

삼열은 마리아의 말에 부끄러웠다. 임신하면서도 자신과 떨어지고 싶지 않아 한국까지 따라와 준 마리아였다. 어쩔 수 없었다고 하더라도 그 순간 더 아내를 배려해야 했다. 지금 자신의 아내는 마리아니까.

"키스해 줘요."

"응."

삼열은 마리아를 부드럽게 끌어안고 키스했다. 처음에는 반응이 느리게 온 마리아가 시간이 지나면서 적극적으로 나왔다. 따스한 물이 내는 수증기가 안개처럼 욕실을 감싸기 시작했다.

마리아와 삼열이 서로 분위기를 내는 사이 줄리아는 덩그러니 버려진 채로 거실에서 서성였다.

다른 것은 다 참겠는데 배가 너무 고파 미칠 것 같았다. 엄마 아빠의 분위기가 심각해서 배고프다는 말을 하지 못했는데 같이 욕실에 들어간 후로는 화해했는지 사랑하는 소리가 문틈을 통해 새어 나왔다.

"쳇, 난 배고파. 배고프단 말이야."

"끼잉."

돼지 두 마리도 배가 고픈지 꿀꿀거리기 시작했다. 하지만 줄리아는 동물들의 사료를 챙겨주지 않았다. 주인도 굶고 있는데 동물들이 배부르게 먹는 꼴을 보고 싶지 않았던 것이다.

"배고파, 배고파. 아항~"

줄리아는 어제 엄마가 호텔에서 주문하던 것이 갑자기 기억이 났다. 그녀는 재빠르게 전화를 잡고는 프론트를 불렀다.

"헬로우. 여기는 스위트룸."

―아, 안녕하세요. 뭘 도와드릴까요?

"웅, 웅. 배고파. 밥 줘요."

―네? 무슨 말씀이신지 구체적으로 말씀해 주세요.

"몰라, 몰라. 따뜻하고 부드러운 빵, 고기, 연어샐러드 등등이 필요해."

―아, 줄리아 양. 어른을 바꿔주시겠어요?

"안 돼. 엄마랑 아빠랑 지금 응응 하고 있어."

―네?

"엄마랑 아빠랑 사랑하고 있어서 안 돼."

―아, 네. 그러면 저희 호텔에서 특별히 주방장 추천 요리를 올려드리겠습니다.

"웅, 빨리 가져와야 해."

―네, 걱정하지 마세요, 줄리아 양.

"오케이."

주문을 마치고 나자 줄리아는 기분이 좋아져 만세를 불렀다. 엄마 없이도 밥을 먹을 수 있게 된 것이 굉장히 기분이 좋아졌다.

"흥, 딸도 안 챙겨주면서."

잠시 후에 맛있는 식사가 들어오자 그제야 줄리아는 동물들에게 사료를 주기 시작했다. 제시와 한나, 안나는 그제야 허겁지겁 먹기 시작했다.

줄리아는 식탁 위의 요리를 마음껏 먹으며 배를 채웠다. 이렇게 좋은 방법이 있는 줄 몰랐던 그녀는 전화해서 계속 맛있는 것을 시켰다.

조금씩 먹어 보고는 맛있는 것만 골라서 먹다 보니 자연 편식을 하게 되었다. 평상시 마리아는 편식을 아주 싫어했다. 그래서 음식을 안 먹는 것이 있으면 다음 식사에는 줄리아가 싫어하는 그 음식만 해서 줄리아의 반항을 원천 봉쇄했다.

줄리아는 굶는 것은 정말 참을 수가 없다. 워낙 활동량이 많아서 항상 배고픈 줄리아에게 가장 무서운 벌이 밥 먹지 말라는 것이었다.

"음헤헤헤, 너무 맛있어. 요 스테이크는 소스가 달아서 좋아. 그리고 캐비어는 엄마가 해주는 것보다 더 맛있어. 음냐, 음냐."

줄리아는 신나게 먹었다.

특급호텔의 부주방장 죤 스몰이어는 스위트룸으로 들어가는 음식이 갑자기 많아지자 걱정이 되었다. 꼬마 혼자 먹는 요리치고는 너무 많았다. 하지만 분명 스위트룸으로 음식이 들어가고 있으니 안 만들 수도 없었다.

죤 스몰리어는 주방장 박종규에게 가서 이 사실을 말했다.

"흠, 꼬마가 먹는데 3번이나 음식이 올라갔다고요?"

"그렇습니다. 부모들도 같이 있는 모양인데 전화를 할 수 없는 상황인가 봅니다."

"그런 상황도 있어요?"

"아, 뭐, 좀."

죤 스몰리어는 고객의 사생활에 대해 언급하기가 뭐했다. 그는 직접 요리를 주문받기 위해 전화를 했다가 민망한 말을 줄리아에게 들었기 때문이다.

"괜찮아요. 뭐 딸이 먹는 것인데 그 부자가 뭐라고 하겠어요?"

"그래도. 처음에는 배가 고프다고 해서 아무것이나 가져오라고 하더니 이제는 고급 요리를 시키기 시작했으니 문제가 되죠."

"하아, 하여튼 꼬맹이들이 문제네요. 이제 요리가 올라갔으니 배고프다는 말은 안 나올 테이니 요리를 아주 천천히 해서 올리세요."

"그렇게 조치를 하겠습니다."

쫀 스몰리어는 다시 음식을 만들러 갔다. 직접 요리를 하지는 않지만 고급 요리를 할 때는 그가 부하 요리사들을 감독도 하기 때문이다.

삼열과 마리아가 욕실에서 폭풍 같은 열정의 시간을 보내고 나오니 줄리아가 식탁 가득 요리를 쌓아놓고 음식을 먹고 있었다.

"줄리, 이게 뭐니?"

마리아가 눈을 가늘게 뜨고 줄리아를 노려보았다. 그러나 줄리아는 음식 먹는 데 정신이 빠져 있었다.

"음냐, 음냐. 맛있어."

줄리아는 남산만큼 부풀어 오른 배를 두드리며 음식을 먹고 있었다.

"줄리!"

"히걱, 엄마. 헤헤헤."

줄리아가 먹고 있던 포크를 떨어뜨렸다. 그러고는 딸국질을 했다.

"너어……."

"나 배고팠단 말이야. 엄마랑 아빠랑 사랑하느라 줄리 밥도 안 챙겨줘 놓고. 딸꾹, 딸꾹."

줄리아의 말에 마리아가 양심에 찔렸는지 힘껏 쥐었던 주먹을 풀었다.

"아니, 그래도 저렇게 많이 먹은 게 말이나 돼?"

마리아는 줄리아의 빵빵해진 배를 가리키며 고개를 흔들었다. 삼열은 한껏 힘을 써서 배가 많이 고팠다. 욕실에 있을 때는 몰랐는데 음식을 보니 갑자기 배가 고파진 것이다.

"여보, 당신도 앉아."

삼열은 줄리아가 먹지 않고 남겨놓은 음식을 먹기 시작했다.

"여보, 그건 줄리가 먹다 남긴 음식이에요."

"뭐, 어때. 딸이 먹던 것인데."

삼열의 말에 줄리아가 '이히히히' 하고 웃었다. 그 모습에 어이가 없어져 마리아도 앉아서 이것저것을 먹고 있는데 또 음식이 올라왔다.

"너어……."

마리아의 눈초리에 줄리아가 후다닥 하고 자기 방으로 도망가 버렸다. 삼열은 새로 나온 것 중 맛있는 음식을 마리아의 접시에 덜어주고 줄리아가 남긴 음식을 모조리 먹기 시작했다.

삼열은 이틀을 더 한국에 머물다가 미국으로 돌아갔다. 그리고 삼열이 출연한 프로그램이 방송되었을 때 한국에서는 엄청난 반응이 나왔다.

시청률이 무려 56%나 나왔고 두 번째 분량의 방송에는 61%가 나왔다. 일요프로그램에서 이런 시청률은 거의 기적에 가까운 것이었다.

각 방송사는 확고한 팬들을 보유하고 있어 20% 이상의 시청률도 나오기가 힘들었는데 60%가 넘는다는 것은 대부분의 시청자들이 삼열이 출연한 방송만 보았다는 것이나 마찬가지였다.

삼열이 출연한 방송이 폭발적인 호응을 얻자 삼열과 계약을 한 삼송과 현다이차와 TK통신은 재빠르게 삼열이 출연한 CF를 내보냈다.

광고주들은 모두 엄청나게 좋아했다. CF 하나 찍는데 무려 20억이나 투자를 했지만 호응도는 그 이상이었다.

삼열과 계약을 맺은 다른 기업들도 서둘러 삼열이 출연하는 광고를 만들어 방송하기 시작했다. 그러자 TV를 틀면 삼열이 광고하는 방송이 나왔다.

삼열의 별명은 일명 수돗물이 되었다. TV를 틀면 광고가 나오니까 말이다.

미국으로 돌아온 삼열은 몸을 추스르며 다음 시즌을 준비했다. 스토브리그가 시작되자마자 존스타인이 친히 협상에 나와 4년 계약을 했다.

FA가 되고 난 후의 기간 3년을 포함하여 4년짜리 계약이었다. 메이저리그 사상 최고의 금액이었다. 총 계약금은 도합 1억 4천만 달러로 매년 2,500만 달러를 4년 동안 나누어 주고 사이드옵션으로 매년 1천만 달러를 받을 수 있다는 조항이었다.

삼열은 계약에서 대박을 맞아 최고의 스타 반열에 올랐다. 옵션 조건이 충족되면 그는 메이저리그 최고연봉자의 자리에 등극하게 되는 것이다.

삼열은 계약서에 도장을 찍고 나서 기분이 좋아 하루 종일 정신 나간 사람처럼 웃으며 다녔다. 그는 이렇게 자신이 큰돈을 벌게 될 줄은 꿈에도 생각을 하지 못했었다.

삼열의 사진과 이름이 각 매스컴과 신문에 연일 나왔다. 4년 동안 1억 4천만 달러라는 어마어마한 계약을 했기 때문이다.

하지만 사람들은 알고 있었다. 삼열의 가치는 그 이상이라는 것을. 스타가 필요한 이유는 관중 동원력뿐만 아니라 마케팅 분야에서도 엄청난 영향을 미치기 때문이다.

비록 삼열이 타자가 아니라서 관중 동원 능력이 조금 떨어지기는 하지만 언제든지 승리를 할 수 있는 투수라는 것, 그리고 스위치 피처라서 다른 선발 투수들보다 부상의 위험이 적다는 것이 굉장한 메리트가 되었다.

그렇게 시간이 지나갔다.

삼열은 던졌고, 승리했다.

                    *   *   *

바람이 불었다.

눈이 내리는 시카고의 도시 정경이 너무나 뚜렷하게 다가왔
다. 삼열은 나직하게 한숨을 내쉬었다. 눈에 잠긴 리글리필드
는 언제나 다정했다.

이곳에 와서 처음 공을 던졌을 때의 떨림과 설렘이 기억났
다. 첫 승리를 따내고 결혼을 하고 줄리아와 조셉을 낳았다.

"아빠, 얼른 와."

집으로 돌아오자 줄리아가 삼열을 불렀다. 줄리아의 옆에
서는 귀여운 얼굴의 남자아이가 누나를 바라보며 눈알을 굴
리고 있었다.

"야, 조셉. 넌 이 누나가 만들면 그 뒤에 만들라고 했지."

"싫어, 나도 만들 거야."

"넌 누나 말 들어야 해."

"왜, 왜?"

"왜냐면 아빠는 엄마 거 맞지?"

"응. 아빠는 엄마 거야."

"그러니까 넌 내 거야."

"왜에?"

"남자는 여자 거잖아."

"아하……."

조셉은 줄리아의 말이 마음에 안 드는지 고개를 갸웃거렸다.

마음에 안 들기는 하지만 힘센 누나에게 덤빌 수는 없어 그 자리에 가만히 서 있었다. 그의 갈색 머리에 눈이 쌓이면서 점점 하얗게 변해갔다.

조셉은 크고 부드러운 얼굴이 아주 잘생긴 미남이었다. 다행하게도 아들의 외모는 마리아를 닮았다. 처음 아들이 자신을 닮지 않은 것을 알고 삼열은 조금 실망을 하긴 했지만 시간이 지나면서 다행이라고 생각하게 되었다.

확실히 사진을 같이 찍으면 자신과 조셉의 얼굴은 왕자와 거지처럼 달라도 너무 달랐다.

"여보, 줄리아하고 같이 안 놀아주세요?"

"뭐 지들끼리 놀겠지. 이제 지들도 컸는데."

삼열의 말에 마리아가 웃으며 내리는 눈을 손으로 받는 시늉을 했다.

"뉴욕에도 이렇게 멋진 눈이 올까요?"

"오겠지. 아니면 말고."

"이곳을 떠나 양키스에 잘 적응할 수 있을 것 같아요?"

"걱정하지 마. 나는 반드시 적응해야 해."

"네에……?"

삼열은 회심의 미소를 지었다. 지난 4년간 삼열은 컵스를 위해 있는 힘껏 뛰었다. 그 4년 동안 시카고 컵스는 월드시리즈 우승을 두 번이나 더 했다.

"내일 기자회견이 있잖아요. 떨리지 않아요?"

"흥분되긴 해. 그놈들을 만날 생각을 하니까요."

"당신, 무슨 말이죠?"

"날 물 먹인 레드삭스에게 이제부터 빅 엿을 먹여야지."

"여보, 그 말은 너무해요. 호호호."

부부는 살아가면서 닮는다고 하더니 마리아도 이제는 삼열이 이런 말을 해도 웃으며 넘겼다. 예전 같으면 삼열의 행동에 대해 고치려고 노력을 할 터인데 이제는 은근히 그녀도 즐기곤 했다.

어차피 삼열이 하는 행동은 대부분 현실적으로 누구에게 피해를 입히는 것은 아니었으니까.

삼열은 마리아를 안고 내리는 눈을 맞았다. 정원에서 이제 7살이 된 줄리아가 3살 된 동생 조셉과 함께 눈사람을 만드는 것을 지켜보았다.

'이제 새로운 시작이야.'

삼열은 그동안 너무나 익숙한 컵스를 떠나 새로운 구단에서 활약하게 되는 것에 대해 흥미를 느꼈다. 컵스의 팬들은 그가 다른 구단으로 떠나는 것에 크게 실망을 했지만 여전히 그를 사랑했다.

"여보, 우리 먼저 들어가요. 커피가 마시고 싶어졌어요."

"아, 그럴까요."

삼열은 커피를 마시고 싶어 하는 마리아를 따라 집으로 들어갔다. 눈이 하염없이 내리는데 2명의 꼬마가 눈사람을 만들고 있었다.

컵스가 준비해 준 기자회견은 일반 팬들의 입장도 가능하기에 강당에는 무려 3천 명이나 되는 사람이 참석했다.

존스타인은 씁쓸한 얼굴로 주위를 돌아봤다. 그의 예상대로 삼열은 컵스와의 재계약을 거부하고 양키스와 계약을 맺었다.

아쉽지만 어쩔 수 없는 일이다. 프로선수라면 누구라도 그런 선택을 했을 것이다. 그나마 다행은 삼열이 아메리칸리그로 옮겨 가서 그와 마주칠 일이 별로 없다는 것 정도였다. 만약 삼열이 같은 내셔널리그인 다저스나 필리스, 또는 자이언츠와 같은 곳과 계약을 했다면 존스타인의 마음은 지금보다 훨씬 더 무거웠을 것이다.

삼열이 컵스에서 올린 성적은 10년 동안 205승 21패였다.

통산 자책점은 1.89. 삼열은 자신의 자책점을 더 내릴 수도 있었지만 의미가 없어 살살 던졌다. 그리고 꼭 이겨야 하는 경기에서만 전력으로 투구하였으니 삼열의 어깨는 여전히 싱싱했다.

존스타인은 강당을 가득 메운 기자들과 팬들을 바라보았다. 기자만 200명이 넘고 팬은 3천 명이 조금 안 되었다. 그가 삼열이 떠나는 마당에 이렇게 크게 기자회견을 해주는 이유는 언제든 삼열을 다시 받아들이기 위해서였다.

삼열과 양키스가 맺은 계약 기간은 불과 3년이다. 그러니 그 기간이 지나면 삼열이 다시 컵스에 올 수도 있을 것이다. 그런 이유가 아니라 하더라도 삼열이 10년 동안 컵스에 기여한 바를 생각하면 이것은 조금도 지나치지 않았다.

존스타인이 자리에 앉자마자 톰 리온 구단주가 왔다. 이제 기자회견을 할 모든 준비가 갖춰졌다. 사회자인 막시 율리어스 이사가 기자회견을 시작했다. 톰 리온 구단주의 축사로 시작된 기자회견은 팬 사인회를 연상시킬 정도로 열기가 가득했다.

은퇴가 아니기에 마지막을 리글리필드에서 할 수 없었다. 몇몇 유명한 가수가 나와 노래를 부르자 사람들은 그 음악에 맞춰 어깨를 흔들었다. 이후에 30분 정도의 비디오 상영 시간이 있었다.

삼열이 처음 컵스에 도착하여 어리숙한 모습으로 마운드에
서는 모습, 시범경기에서 사인을 받으려고 온 아이들에게 나
중에 사인을 가져오면 돈을 주겠다고 익살을 부리는 모습과
힘차게 파워 업을 외치는 이미지, 휴스턴 애스트로스와의 경
기에서 빈볼 다툼으로 도망가는 모습, 마리아나와 다정하게
찍은 사진, 그리고 월드시리즈에서 우승하고서는 무릎을 꿇
고 우는 모습 등등이 한 사람의 인생처럼 흘러갔다.

비디오가 상영되는 동안 홀에 모인 그 어느 누구도 말을 하
지 않고 그것을 지켜보았다. 그리고 비디오 상영이 끝난 다음
박수가 터져 나왔다.

한 명의 투수가 컵스를 어떻게 변화시켰는지 그들은 짧은
시간 안에 보았다. 무려 100년 동안 우승을 하지 못했던 컵스
는 삼열과 함께한 10년 동안 3번이나 월드시리즈를 재패하였
다.

영웅.

삼열은 컵스의 영웅이었다. 그러니 이곳에 모인 모든 사람
은 삼열이 떠나는 것을 진심으로 아쉬워하고 있었다.

삼열은 자리에서 일어났다.

막상 오늘을 끝으로 컵스와 헤어진다는 것을 생각하니 감
회가 새로웠다. 삼열은 앞으로 걸어가 마이크를 잡았다. 그리
고 주위를 둘러보았다. 강당을 메운 모든 사람이 그의 입을

바라보고 있었다.

"아, 어떻게 말을 해야 할까요? 제가 이곳 컵스에 오게 된 것은 여러분도 아시다시피 레드삭스에서 쫓기듯 트레이드되었기 때문입니다. 그때의 컵스는 중부지구 꼴찌를 달리고 있었죠. 시간은 우리 모두에게 위대한 스승입니다. 왜냐하면 이제 컵스는 중부지구뿐만 아니라 메이저리그 최고의 구단이 되었기 때문입니다. 여러분은 불완전한 한 인간을 따뜻하게 사랑해 줬습니다. 그것이 제가 여러분을 존경하고 사랑하는 이유입니다."

삼열은 강당에 가득 찬 사람들을 보며 잠시 말을 멈췄다. 그러자 수많은 눈동자가 그의 입을 좇았다. 그는 다시 입을 열었다.

"루게릭병에 의해 내쳐진 저를 여러분과 구단은 문제 삼지 않았습니다. 그것입니다. 우리가 승리할 수 있었던 이유는 승리보다 휴머니즘, 인간을 더 가치 있게 보았기 때문입니다. 만약 제 병을 이유로 나를 메이저리그에서 축출했다면 컵스의 우승은 조금 더 멀어졌을 것입니다. 컵스 구단은, 제가 프로야구 선수로 데뷔를 한 곳입니다. 만약 여러분들이 허락해 준다면, 제 선수 생활의 마지막은 꼭 이 컵스로 돌아와서 맞이하고 싶습니다. 그게 허락된다면 말이죠. 그리고 그때는 지금 같은 강속구를 뿌리지 못하고 승리 투수가 되지 못할지도 모릅니다. 단 한 경기라도 돌아와 이곳에서 저를 사랑해 주신 사람들과 함께 메이저리그 생활을 마감하고 싶습니다. 어쩌면 그때는 스크루볼이나 100마일의 공이 아닌 너클볼을 던질지도 모릅니다. 여러분, 컵스를 제 가슴에 담고 이제 안녕을 고합니다. 나의 팬들, 그리고 컵스여! 부디 행복하길 빕니다."

삼열이 고개를 숙이며 한국식으로 그동안 사랑해 준 팬들에게 존경과 감사를 드렸다. 그러자 3,000명이나 되는 팬이 모두 일어나 박수를 쳤다. 그것은 취재하던 기자들도 마찬가지였다.

시간이 지나도 박수는 멈춰지지 않았다. 강당은 오직 박수 소리와 간간이 사람들의 눈에서 흘러내리는 눈물이 다였다.

이별은 이것으로 끝났다. 더 이상의 말이 필요하지 않았다. 삼열은 강당을 내려와 그동안 함께 뛰었던 동료 선수들과 인사하고 팬들과도 일일이 악수했다. 그리고 그는 아내와 아이들과 함께 뉴욕으로 떠났다.

삼열은 뉴욕의 양키스타디움에서 조금 떨어진 곳에 집을 얻었다.

뉴욕의 북쪽 끝에 위치한 브롱크스는 주위로 허드슨 강과 이스트 강이 흐르고 도시 맨해튼과 퀸스를 마주 보고 있다. 인구는 140만 명 정도의 뉴욕 자치구다.

맨해튼과 다리가 연결되면서 한적한 도시였던 브롱크스가

급속하게 발전하였다.

삼열은 새로운 집의 문을 활짝 열었다. 비교적 한적한 곳을 얻었지만 시카고보다 집값이 비싸서인지 집 크기는 반이나 작았다.

"에게, 아빠. 집이 왜 이렇게 작아요. 제시랑 같이 뛰어놀기 힘들 것 같은데."

"줄리, 너도 이제 숙녀가 되었으니 뛰어다니는 것은 좀 자제를 하고 교양을 쌓아야지."

"아이, 싫어. 아리스토텔레스, 플라톤 왕창 싫어. 난 인형하고 노는 것이 좋아요."

다소곳한 표정으로 줄리아가 말하자 조셉이 눈을 크게 뜨고 누나를 바라보았다. 무슨 말도 안 되는 수작을 하느냐는 표정이었지만 감히 입으로 표현하지는 않았다.

마리아는 고개를 좌우로 흔들었다.

자신이 낳은 딸이지만 자신과 달리 책을 그다지 좋아하지 않았다. 몸이 너무나 건강해 한곳에서 오래 앉아 있지 못하고 툭하면 정원을 제시와 뛰어다니곤 하였다.

그래서 고민이었다. 가문 대대로 내려오는 고전문학을 어릴 때부터 읽히는 일이 줄리아에게는 힘들지 않을까 하는 생각도 가끔 해보았었다.

'그러고 보니 나도 고전을 읽는 것을 어릴 때는 힘들어 했었

구나.'

마리아는 오빠들과 달리 머리가 그렇게 좋지 않았다. 천재들 사이에 섞인 그녀는 어릴 때 무척이나 힘들어했다. 하지만 가문에 하나밖에 없는 딸이라는 것이 그녀의 튼튼한 방패막이가 되어줬다.

삼열은 정원이 넓지는 않지만 효율적인 집 구조를 가진 새 집이 마음에 들었다. 저번 집처럼 수영장도 없었고 나무도 적었다. 하지만 정원에는 나무들이 매우 잘 가꾸어져 있어 아름다웠다.

삼열은 이곳이 마음에 들었다. 이곳 브롱크스공원에는 미국에서 가장 큰 브롱크스동물원이 있다. 그곳은 총면적이 107만 제곱미터나 되고 100년이 넘은 역사를 가지고 있다. 시합이 없는 날은 아이들과 공원을 산책하다가 동물원에 가서 구경해도 좋을 것 같았다.

"여보, 나는 여기 마음에 들어요."

"응, 나도 마음에 들어."

삼열은 마리아의 말에 대답하며 정원을 뛰어다니는 아이들과 동물들을 바라보았다. 그는 마리아의 손을 잡고는 눈을 마주하며 키스했다. 다른 한 손으로는 어깨와 히프를 쓰다듬다가 옷 위로 가슴을 만졌다.

이제 마치 자신의 몸처럼 익숙해진 그녀가 주는 편안함에 삼열은 미소를 지었다.

"왜 웃어요?"

"좋아서."

"저도 좋아요."

삼열은 결혼한 후 한결같이 자신을 지지해 주는 마리아에게 고마움을 느끼고 있다. 사람이 경제적으로 여유가 있다 하더라도 이렇게 한결같기는 힘들다. 특히 남녀평등이 발달한 미국에서 남편을 이렇게 존경하는 눈빛으로 보는 것은 거의 불가능에 가까웠다.

"여기서 우리는 성공할 수 있을까?"

삼열이 약간 걱정이 되는 표정으로 마리아에게 말했다.

"당신은 능히 해낼 거예요. 당신의 이번 선택은 옳다고 봐요. 돈을 떠나 이곳으로 오는 것에 저는 찬성해요. 왜냐하면 한곳에 너무 오래 있으면, 도전하기가 그만큼 더 힘들어지니까요. 전 당신이 더 앞으로 나갔으면 좋겠어요."

삼열은 마리아의 어깨를 잡고 자신의 품으로 끌어들였다. 말랑말랑한 가슴의 촉감과 뛰는 심장의 박동 소리를 들으며 삼열은 생각했다.

이전보다 더 사랑하며 살겠다고.

삼열이 양키스와 맺은 계약은 3년 동안 무려 1억 3천만 달러. 매년 받는 연봉이 3천만 달러이며 나머지는 옵션이다.

만약 그가 부진하게 된다면 양키스는 9천만 달러를 3년 동안에 날리게 되는 것이다. 하지만 삼열은 30살로 최고의 전성기를 누리고 있었고 미카엘의 축복으로 인해 무지막지한 몸을 소유하고 있다.

삼열이 양키스에 온 것은 돈 때문이 아니었다. 물론 컵스의 한계치는 3년에 1억 달러 조금 넘을 뿐이었다. 시카고가 작은 시장은 아니지만 그렇다고 뉴욕만큼 크지도 않다. 삼열은 마리아의 손을 잡아 집 안으로 들어갔다.

"누나, 집 구경하자."

정원을 달리던 조셉이 줄리아에게 말했다. 줄리아도 이 새로운 집이 궁금했다.

얼마 전에 읽은 동화 비밀의 화원처럼 기적이 일어났으면 좋겠다는 생각을 했다. 줄리아가 그런 생각을 할 정도로 정원은 신비로운 분위기를 풍기고 있었다.

"응, 좋아. 엄마에게 내 방은 어디에 있냐고 물어봐야겠어."

줄리아가 안으로 들어가 '엄마!' 하고 불렀지만 대답이 들려오지 않았다.

"뭐지?"

조셉이 소리가 들리는 방문을 열려고 하자 줄리아가 막아섰다.

"왜 누나? 엄마에게 방이 어디냐고 물어봐야 하잖아."

"이 바보. 엄마랑 아빠랑 지금 중요한 이야기를 나누고 있어."

"이야기? 무슨 아파서 내는 신음 소리가 들리는데."

"이 바보야. 그게 중요한 이야기를 나누는 거야."

"이상한데?"

"우리 저리로 가서 소꿉놀이하자. 난 엄마, 넌 아빠 해."

"응. 그럼 우리 키스해야 해?"

"바보, 소꿉놀이는 진짜로 안 해도 되는 거야."

"아, 맞아. 그렇지."

거실에서 줄리아와 조셉이 마주 보며 소꿉놀이를 하기 시작했다.

"여보, 그럼 우리 애들은 어디 있어요?"

"응, 저기 있잖아."

줄리아가 조셉의 말에 대답하며 돼지들을 가리켰다. 졸지에 돼지 두 마리는 두 악동의 손에서 수난을 당해야 했다. 그 모습을 보고는 제시가 뒷걸음질을 치며 문가로 도망가 버렸다.

새로운 집은 남향이라 겨울에도 따뜻한 햇볕이 잘 들었다. 정원은 작지만 주거공간은 오히려 지난번에 살던 집보다 더 컸다.

"이곳은 정원이 너무나 아름다워요. 수영장은 없지만 조금도 아쉽지가 않아요."

마리아가 커피를 마시며 삼열을 보며 말했다. 식탁 밑에서 놀고 있던 줄리아가 마리아의 말을 듣고 재빨리 끼어들었다.

"난, 수영장이 있는 것이 더 좋아. 조셉, 너도 그렇지?"

"난 아냐."

"뭐어? 너는 수영장이 있는 집이 좋다고 말해야 해."

"내가 왜?"

"왜냐면 내가 누나니까 동생은 누나가 좋아하는 것을 반대하면 안 돼."

오늘도 남매는 말도 안 되는 것을 가지고 투닥거리며 싸웠다.

싸움의 끝은 항상 줄리아의 완승이다. 그 모습을 보며 마리아는 줄리아에게 반드시 고전문학을 읽게 할 결심을 하며 주먹을 불끈 쥐었다. 여자아이가 뭐든 힘으로 해결하려고 하는 것이 마음에 들지 않았다.

$$* \qquad * \qquad *$$

삼열은 이사 온 지 3일 만에 양키스의 사무실로 가서 직원들과 인사를 하였다. 그리고 양키스의 연습장에 가 보았지만 선수들이 보이지 않았다. 이제 1월이었다. 집을 나오면 싸늘한 추위가 반겨줄 뿐이다.

삼열은 텅 빈 연습장을 보고 나직하게 한숨을 내쉬었다.

양키스의 선수들 정도면 모두 알아서 몸 관리를 하겠지만 어딘지 모르게 축 처지는 느낌을 받았다. 지금쯤이면 컵스의 선수들은 연습장에 나와 땀을 흘리며 작년에 부족했던 부분을 보강하려고 할 것이다.

'하긴, 야구하는 것보다 여자 꼬시는 것을 더 좋아하는 놈들이 많은 이곳에서 뭘 더 바라겠어.'

물론 삼열의 생각과 달리 이들은 자신의 집에서 트레이너의 도움을 받으며 꾸준하게 운동을 하고 있었다.

최고의 선수들 가운데는 훈련보다 천부적인 재능을 가진 사람들이 간혹 있다. 이들은 별다른 연습을 하지 않아도 충분히 위력적인 성적을 내기도 한다.

하지만 그것은 말 그대로 젊었을 때 이야기다. 아무리 천부적인 재능을 가진 사람이라 하더라도 훈련 없이는 최고의 성적을 계속 낼 수 없다. 그러니 남들 눈에 여자를 꼬시기에 바빠 보이는 선수들도 자기 관리는 확실하게 하고 있는 것이다.

삼열은 나온 김에 연습장에서 몸을 풀었다. 그리고 공을 던졌다. 공이 바람을 가르며 날아갔다. 여전히 몸은 좋았다. 이 거짓말 같은 육체는 그 끝이 없어 보였다.

'미카엘에게 병의 완치보다는 육체를 강화하는 방법을 원한다고 말한 것이 이렇게 좋은 결과를 가져온 것인가?'

삼열은 공을 던지면서도 자신의 육체에 경이로움을 느꼈다. 의도적으로 지난 몇 년 동안 힘을 빼고 슬쩍슬쩍 공을 던졌다. 그렇게 몸을 조심하지 않았어도 여전히 자신의 몸은 강력한 공을 던질 수 있다는 것을 알고 있었지만 삼열은 그렇게 하지 않았다.

비록 자신이 예외적인 존재라 하더라도 강속구 투수들의 선수생명은 그렇게 길지가 않다. 랜디 존슨의 경우는 굉장히 예외적이다.

강속구 투수들의 공이 위력적인 것은 두말할 필요가 없는 명확한 사실이다. 하지만 그만큼 투수의 생명이 짧다.

인간의 육체는 기계가 아니다. 쓴 만큼 쉽게 탈이 난다. 기계라면 부속을 갈면 될 터인데 사람의 몸은 그렇게 할 수도 없다. 그것이 문제다.

"파워 업!"

삼열은 힘차게 소리쳤다. 연습장에 있던 몇몇 선수들이 삼열을 바라보다가 다시 자신들의 연습에 집중하였다. 이곳에 있는 선수는 모두 7명, 이 중에 1명만이 정규시즌의 선발진에 들어갈 뿐 나머지 선수들은 모두 후보이다.

삼열은 공을 던지며 한 해를 어떻게 보낼까 생각했다. 이제 모든 것을 새롭게 해야 한다.

그동안 내셔널리그에서 축적한 자료들은 의미가 없어졌다.

이곳 아메리칸 소속의 선수들의 자료는 가지고 있지 않았다.

요즘도 시간이 날 때마다 비디오를 보며 선수들의 장단점을 연구하지만 아직은 부족한 것이 더 많았다. 어쩌면 이런 것 때문에 양키스를 선택했는지도 모른다. 아메리칸리그 소속이라 모든 것을 새롭게 시작해야 하기 때문이다.

'그래, 이제 새롭게 하는 거야. 그리고 레드삭스 그놈들만큼은 자근자근 밟아놔야지.'

삼열은 다른 팀은 몰라도 레드삭스 선수들에 대한 조사는 거의 완벽하게 끝냈다. 언제든지 마주쳐도 이길 수 있다는 자신감이 충만하였다.

'그 누구도 사과하지 마라. 그래야 재미있어지니까.'

양키스를 선택한 이유는 단 하나다. 아메리칸리그의 동부 지구라는 것. 자연히 레드삭스와의 시합이 많다.

물론 양키스가 끈질기게 삼열에게 구애한 것도 작용하기는 했다. 덕분에 메이저리그 역사상 최고의 금액인 연봉 4천만 달러의 선을 끊었다.

7. 양키스

MLB
메이저리그

삼열은 변함없이 연습에 연습을 거듭했다. 메이저리그 최고 연봉을 받는 선수가 구단연습장에서 매일 연습을 하니 그 이야기가 구단 관계자들을 통해 감독과 단장, 그리고 구단주에게까지 들어갔다.

조 알렉산더 감독과 브라이언 빅터 위고르 단장이 구단 사무실에서 이야기를 나누고 있었다.

"삼열 강 선수가 1월부터 계속 나와 훈련을 한다고요?"

"그렇습니다. 저도 보고를 받고 나가서 보았는데 사실이었습니다."

"연습 벌레라는 말이 있던데 역시 그 말이 맞는 모양이오."

"그는 메이저리그 10년 차에 205승 투수입니다. 한 해는 부상으로 쉬고 다른 한 해는 타자로 활약했으니 8년 만에 200승을 한 것이고 매년 25승 이상을 거둔 것입니다."

"괴물이군, 괴물이야. 내가 구단주에게 강력하게 삼열 강의 영입을 요청했지만 정말이지 징조가 무척이나 좋소."

"그렇습니다. 최근에 시카고 컵스가 월드시리즈 3회 우승한 것도 모두 삼열 강의 노력 덕분이라는 말이 있습니다. 삼열 선수 외에 로버트라는 선수가 있는데 그 둘이 컵스의 분위기를 완전하게 바꾼 모양입니다."

"흐음, 로버트 매트릭스라면 나도 좀 아오. 내셔널리그의 2루수 중에서 가장 뛰어난 선수 중 한 명이지."

"그렇습니다. 워싱턴 내셔널스가 마틴 스트라우스의 덕을 톡톡히 본 것처럼 컵스는 삼열의 덕을 가장 많이 봤지요. 100마일의 공을 아무렇지도 않게 던지고, 마구 스크루볼까지 서비스로 던져주니 우리 구단이 그에게 지불하는 4천만 달러의 연봉이 하나도 아깝지 않을 것입니다."

"A.로드만 꼴은 안 나겠지요?"

"A.로드만이 못한 것은 아니지만 몸값을 못한 것은 맞습니다. 우리끼리 이야기지만 약물 파동 이후에 실력이 줄어든 것도 있고요."

"실력이 좋은 놈이 들어온 것은 좋은데 좀 시끄럽겠군. 말이 많은 녀석인 걸로 알고 있는데."

"맞습니다. 말이 좀 많죠. 싸가지 없는 녀석이긴 한데 이상하게도 팬들이 광적으로 그 녀석을 좋아합니다."

"호오, 그럼 기대를 해봐야겠군요."

"하하하, 물론입니다."

빅터 위고르 단장이 나가자 조 알렉산더 감독이 고개를 좌우로 돌리며 목운동을 했다. 요즘 들어서 몸이 무거워지는 느낌이었다.

감독이라는 직업이 선수들 위에 군림하는 것 같지만 사실은 전혀 그렇지가 않다. 연봉도 선수들과 비교를 하면 초라하기 짝이 없다. 그런데도 스트레스는 가장 많이 받는 직업이다.

잘할 때는 선수들이 빛이 나고 못하면 모두 감독 탓이 된다.

'망할, 요즘 허리병이 도지나? 마누라 등쌀에 몸이 점점 부실해지는군.'

알렉산더는 일어나 창문으로 다가섰다. 희미하게 보이는 양키스타디움이 눈에 들어온다.

새로운 시즌이 다가오고 있었다. 그는 입이 말라 침을 삼켰다. 새 시즌은 그에게 정말 흥미로웠다.

올해 새로운 선수들이 많이 보강되었다. 이전에 양키스의 핵심선수였던 이들은 모두 은퇴를 하거나 트레이드되었다.

A.로드만, 요한 지터, 마크 바이런, 마리아노 리베라가 모두 양키스를 떠났다. 그리고 올해 가장 빅 카드인 삼열과 피터 브라이언이 양키스로 왔다. 아직 3루수로 마땅한 선수를 구하지 못하였지만 알렉산더 감독은 올해 해볼 만하다는 생각을 했다.

메이저리그 최고의 투수와 뛰어난 포수가 양키스에 있는 한 쉽게 동부지구 1위 자리를 라이벌 팀에게 넘겨주지는 않을 것이다. 문제는 월드시리즈 진출할 수 있느냐의 여부였다.

*   *   *

삼열은 시범 경기를 앞두고 시즌 준비를 끝냈다. 언제나 그렇듯 그는 변함없이 건강했다. 미카엘이 만들어준 가공할 신체적 능력에 그 특유의 성실함이 덧입혀져 언제나 최고의 몸 상태를 유지하고 있었다.

삼열은 시즌이 가까워져 오자 대부분의 양키스 선수들과 만나 인사를 나눴고 그들 중 몇은 꽤 가까워졌다.

양키스의 전력은 예전보다 많이 낮아진 상태였다. 이는 시대를 풍미했던 스타들이 은퇴하면서 그 뒤를 받쳐주는 선수들이 아직 보강되지 못했기 때문이다.

양키스는 항상 스타를 필요로 하는 팀이다. 요한 지터, 마크 바이런, A.로드만을 대신할 선수가 절실히 필요했다. 양키스의 팬들이 다른 구단보다 배 가까이나 되는 티켓비용을 지불하는 것은 바로 슈퍼스타를 보기 위해서다.

삼열은 시즌이 가까워져 오면서 몰려드는 인터뷰 요청에 몸살을 앓았다. 심지어 인터뷰를 요청하는 매스컴과 신문에는 상당수 내셔널리그에 속하는 기자들도 있었다.

삼열은 시카고 컵스와 연관이 있는 시카고 트리뷴과 원더풀 스카이 방송사와는 어쩔 수 없이 인터뷰했다.

시범 경기에서 슬슬 던지고 이제 개막 경기를 해야 하는데 선발 투수가 아직 정해지지 않았다. 삼열은 그 점을 이상하게 생각을 했다.

당연히 그는 자신이 선발 투수라고 생각을 했다. 하지만 구단의 생각은 다른 것 같았다.

'뭐가 있는 모양인데.'

삼열은 묵묵히 기다렸다. 아직은 자신이 나댈 수 있는 여건이 준비되지 않은 탓이다. 소도 비빌 언덕이 있어야 하듯, 이곳 양키스는 그에게는 꽤나 낯선 곳이었다.

래리 로스차일드 투수 코치가 삼열에게 다가왔다. 이제 은퇴를 해도 좋을 나이의 할아버지가 삼열의 어깨를 잡으며 특유의 유머러스한 얼굴로 이야기를 꺼냈다.

"삼열, 문제가 좀 있네."

"……?"

"믿기지 않겠지만 내일 선발 등판에 문제가 있어. 흐음, 그러니까, 이것은 민감한 이야기인데 우리 양키스는 수년 동안 J.J.버킨을 에이스로 대우해 왔네."

삼열은 래리 로스차일드의 이야기를 듣자마자 감을 잡았다. 왜 아직도 개막전 선발 투수가 정해지지 않았는지를 말이다.

"그러니까 흐음……."

"그럼 그 녀석에게 던지라고 하세요."

"그러니까, 뭐……?"

"나 참, 저야 좋죠. 월급 많이 주고 시시한 껍데기 같은 녀석들하고 붙으라면 고맙죠. 잘하면 올해 30승 할 수 있는 거 아냐? 하하하."

삼열의 말에 나이가 많은 할아버지 로스차일드 투수 코치가 얼굴에 미소를 띠며 활짝 웃었다. 나이가 들면 아이가 된다더니 로스차일드가 그랬다.

감정의 변화가 얼굴에 그대로 나타났다. 사실 로스차일드는 컵스에서 투수 코치를 오래 해서 삼열과도 안면이 있었다. 그러니 그가 어떠한 사람인지는 잘 알고 있었다.

"후후, 현자는 다툼을 중지하고 조용히 이득을 취하지."

"······."

삼열은 뜬금없는 말을 하는 로스차일드를 보며 어깨를 으쓱했다.

사실 관록으로 보면 JJ.버킨이 에이스를 하는 것이 맞았다. 삼열이 205승 21패라면 JJ.버킨은 251승 131패로 메이저리그 경험이 더 많았다. 물론 자책점이나 피안타율을 따지면 삼열과 JJ.버킨은 비교가 되지 않는다. 하지만 삼열은 이런 일로 신경을 쓰고 싶지 않았다.

에이스면 어떻고 5선발이면 어떤가. 그는 연봉 많이 받고 승수 많이 챙기면 그게 장땡이라고 생각하였다. 야구를 올해만 하고 그만할 것도 아니고 양키스에 있다 보면 에이스가 되는 것은 시간문제다.

사람들도 눈이 달렸다면 곧 삼열의 가치를 인정하지 않을 수 없을 것이다. 그러니 지금 이적을 한 직후에 굳이 트러블을 만들 필요가 없다.

개막전의 상대가 레드삭스여서 삼열은 더 기분이 좋았다. 다만 첫 번째 경기를 자신이 하지 못하는 것이 다소 아쉬웠다. 두 번째 경기에서 죽여 놓으면 되니 삼열은 어찌 되든 상관이 없었다.

"헤이, 잘해."

삼열이 JJ.버킨을 보며 말했다.

"걱정하지 마. 그리고 고맙다."

"나야말로 네가 고맙지."

"뭐……?"

"아무래도 제2선발은 좀 쉽지 않겠어? 설렁설렁 던져도 승리투수가 될 수 있잖아."

"……."

JJ.버킨은 삼열의 말에 뭐 이런 녀석이 있지 하는 표정이었다.

사실 에이스는 승수의 여부를 떠나 자존심의 문제다. 갑자기 기분이 나빠졌다. 이런 녀석인 줄 모르고 괜히 자존심을 내세운 것 같아 은근히 후회되기도 했다.

사실 조금 전까지만 해도 메이저리그 최고의 투수로 불리는 삼열을 제치고 자신이 제1선발 투수가 된 것에 자부심을 느꼈었다. 하지만 지금은 괜히 그랬나 싶은 마음이 들 정도였다. 그만큼 삼열의 얼굴이 천하태평이었다.

시합이 시작되고 양키스를 응원하는 홈팀들을 보며 삼열은 기운이 빠졌다. 양키스의 응원이 없는 것은 아니었지만 너무 조용했다.

'참, 썰렁하다. 이것들을 어떻게 구슬려서 티셔츠를 팔아먹

을까?'

삼열은 티셔츠를 생각하자 저절로 입가에 미소가 떠올랐
다. 이제 마리아나 재단에서 매년 새로운 생명을 얻게 해주는
아이들이 20여 명에 달했다. 모두가 팬들이 사준 티셔츠와 삼
열이 기부한 1천만 달러, 그리고 동료 선수들의 기부금을 모
아서 한 것이다.

삼열은 양키스타디움을 가득 메운 관중을 보며 미소를 지
었다. 삼열의 팬들이 별로 없는 이곳이야말로 노다지였다. 양
키스타디움은 5만 2,300명이나 입장할 수 있다.

삼열은 뉴욕 시민들이 모두 파워 업 티셔츠를 사 입기를 원
했다. 시카고 시민들이 그랬던 것처럼. 삼열의 눈에는 양키스
의 팬들이 모두 돈으로 보였다.

JJ.버킨이 공을 던지는 모습을 지켜보며 삼열은 하품했다.
아직은 쌀쌀한 날씨지만 졸음이 몰려왔다. 꾸벅꾸벅 조는 모
습이 그대로 카메라에 찍혔다.

YES방송국의 카메라가 틈틈이 졸고 있는 삼열을 찍었다.

YES방송국은 구단주 스타인브레너가 만든 'Yankees
Entertainment&Sports'로 매년 수억 달러의 수익을 내고 있
는데 양키스 구단은 이 회사의 지분 30%를 가지고 있다.

관중의 입장료와 중계권 등에서 엄청난 수익이 나기에 선수
들에게 놀라운 연봉을 지급하고도 매년 8천만 달러 전후의

순이익을 남기는 구단이 양키스다.

이 모두가 거대 시장 뉴욕을 연고지로 하고 있기에 가능했다. 그러기에 A.로드만과 같은 선수에게 고액의 연봉을 지불하고도 양키스가 버틸 수 있는 것이다.

양키스가 가장 두려워하는 것은 사치세다. 이 사치세가 누진세라 페이롤을 어기게 되면 처음에는 17.5%의 세율을 내야 하지만 두 번 연속으로 걸리면 30%다.

지금까지 양키스는 50%에 이르는 사치세를 여러 번 냈는데, 무려 2억 달러 이상의 세금을 냈다.

2위 레드삭스가 낸 사치세의 10배가 넘는 돈을 내고서도 버틸 수 있는 건 스타인브레너 구단주의 탁월한 사업 능력 때문이다. 양키스는 YES방송국으로부터 매년 1억 5천만 달러 이상의 수입을 얻는다.

최근에 LA다저스는 폭스 사와 25년 동안 장기계약을 맺었고 매년 2억 4천만 달러의 중계권료를 받는다. 메이저리그의 가장 큰 수입원은 방송중계권이다.

삼열이 잠시 졸다가 깨니 옆에 있던 존 케인이 웃으며 말했다.

"어젯밤에 뭐 했어?"

"아, 그런 게 아니야. 따분해서 잠시 졸았어."

"하긴 너 이러는 거 처음도 아니더라. 네가 우리 구단으로 온다고 하기에 네 자료를 찾아봤더니 시합 중에 잘 자더라."

"잠시라도 자면 피로도가 굉장히 낮아지거든. 너도 해봐."

"후후, 난 너처럼 강심장이 아니라서 할 수 없을 것 같아."

삼열은 레드삭스 선수들의 경기를 지켜보기는 해야 했다. 어느 정도 조사를 끝냈지만 완벽한 것은 아니다. 실제로 눈으로 직접 보는 것이 가장 정확하다.

조느라고 중심 타자들의 공격을 놓쳤지만 걱정하지는 않았다. 앞으로 적어도 최소한 두 번은 더 공격해야 하니 삼열은 느긋하게 경기를 바라보았다.

양키스의 중계권을 가진 YES방송국의 조니 웹 아나운서와 어니 슐러 해설위원이 삼열이 조는 모습을 보며 웃으며 중계방송을 했다.

―하하, 삼열 강 선수 졸고 있네요. 어제저녁 무리를 했나봅니다.

―아마도 내년에는 셋째 아이가 태어나는 것이 아닌지 모르겠군요. 그런데 삼열 강 선수가 제1선발이 되지 않은 것은 의외이네요. 어떻게 보십니까?

―저도 그게 약간 의외입니다. 하지만 여기는 양키스, 그동안 JJ.버킨도 에이스로 매년 15승 이상 잘해주었습니다. 작년에도 19승이나 했으니 쉽게 에이스 자리를 내주기가 어려웠을

것입니다. 아메리칸리그는 내셔널리그와 전혀 다르니까요.

　―그래도 삼열 선수의 별명이 괴물 아닙니까? 조금 다를 것 같은데요.

　―물론입니다. 내셔널리그 투수들이 아메리칸리그로 넘어오면서 어려움을 겪는 선수들이 많습니다. 하지만 삼열 강 선수는 비교 자체가 불가능한 선수죠. 아주 간단한 예로 통산 자책점을 비교해 봐도 JJ.버킨이 3.50이라면 삼열 강은 1.89입니다. 단지 양대 리그가 다르다고 이렇게 자책점이 크게 차이가 날 수는 없지요. 그리고 작년에 JJ.버킨이 19승을 했다면 삼열 선수는 26승을 했습니다. 한마디로 괴물입니다.

　―그렇다면 어니 슐러 해설위원께서는 삼열 선수가 아메리칸리그에 잘 적응할 것이라고 보시는군요.

　―저도 투수 출신이지만 어떠한 상황에서도 200승을 한 투수가 자책점이 2.0 이하로 나올 수 있다는 것은 믿을 수 없습니다. 게다가 삼열 강 선수가 컵스에서 처음 선수 생활을 할 때는 공격력이 아주 형편이 없었죠. 막말로 내셔널리그 중부지구의 꼴찌였고, 메이저리그 전체로 봐도 뒤에서 순서를 매겨야 빨랐던 팀에서 그는 매년 20승 이상을 꾸준히 했습니다.

　―아, 그래서 컵스의 팬들이 삼열 강 선수를 그렇게 좋아했던 거군요.

　―물론 그렇지만 그것이 다는 아닙니다. 사실 삼열 선수의

인기는 그의 독특한 성격에 있습니다.

—네? 그게 무슨 말씀이죠?

—삼열 선수는 이벤트에 강한 선수입니다. 즉 팬들의 심리 상태를 굉장히 빨리 파악하는 선수죠. 한마디로 그는 천재죠. 삼열 강 선수가 한국에서 최고의 대학이라는 서울대를 수석으로 입학했다고 합니다. 야구 때문에 학교는 그만두었지만 말입니다. 아 참, 그의 부인 마리아도 하버드 대학의 박사 출신이고요.

—하하, 알고 있습니다. 멜로라인 가문의 딸이죠. 존메이어 상원의원의 사위가 바로 삼열 강이죠.

조니 웹과 어니 슐러는 오늘 등판도 하지 않았음에도 불구하고 장시간 삼열에 관해 이야기했다.

그만큼 양키스 팬들이 삼열에게 관심이 많았다. 연일 지역 신문은 삼열에 대해 기사를 쏟아내고 있었다. 과연 내셔널리그를 점령했던 메이저리그 최고의 투수가 아메리칸리그에서도 그 엄청난 공들을 던질지 궁금했던 것이다.

"워, 어서 와!"

삼열은 5회를 마치고 더그아웃으로 들어와 자신의 옆에 앉으려는 JJ.버킨을 웃으며 맞이했다. JJ.버킨은 5회 초에 상대 타자를 가볍게 삼자범퇴시켰다.

그는 독특한 개성을 가지고 있는 삼열에게 호감이 생겼다. 삼열과 제1선발 자리를 놓고 겨룰 때는 은근히 신경이 쓰였는데 삼열의 사고방식이 독특해 호감이 생긴 것이다.

"휴우."

JJ.버킨이 나직하게 한숨을 내쉬었다. 에이스로 개막전을 치르는 그는 비교적 잘 던지고 있음에도 무척이나 조심스러웠다. 오늘의 경기는 162경기 중의 하나이지만, 처음이라는 상징성 때문에 더 많은 의미를 부여한다. 그래서 던지는 내내 한시도 긴장을 풀 수 없었다.

JJ.버킨은 팀 내에서 라이벌이라고 할 수 있지만 삼열은 그에게 별다른 감정이 없었다.

삼열이 생각하기에 경쟁은 서로를 발전하게 한다. 경쟁이 없다면 편안하고 안락한 생활이 가능하지만 발전도 없다. 삼열은 실력으로 자신의 가치를 증명하면 된다고 생각했다. 그 외의 것에 신경을 쓰는 것은 에너지 낭비일 뿐이다.

"난 첫 경기가 레드삭스가 걸려서 좋다고 생각해."

"뭔 말이야?"

JJ.버킨은 삼열의 말에 고개를 갸웃거렸다. 삼열이 피식 웃으며 말했다.

"당분간 혼내주기로 했어. 레드삭스를 말이지."

"흐음, 왜?"

"내가 레드삭스의 팜에서 당한 게 좀 있거든."

J.J.버킨이 삼열의 말에 고개를 끄덕였다. 메이저리그가 얼마나 잔인한 곳인지 잘 알고 있는 그는 빙그레 미소를 지었다.

메이저리거가 되기 전의 선수들은 거의 인간적인 대우를 받지 못한다. 연봉이나 숙식은 말할 것도 없고, 선수들은 언제든지 대체 가능한 물건 취급을 받는다. 그래서 인정사정없다.

'마이너리그에서 고생을 많이 했나 보군.'

아무리 뛰어난 선수라 하더라도 마이너리그를 거치지 않고 직접 메이저리그로 가는 경우는 거의 없다. 100년의 역사를 자랑하는 메이저리그에서 마이너리그를 거치지 않고 직행하는 경우는 굉장히 드물다.

박찬호가 19번째로 마이너리그를 거치지 않고 바로 입성했지만 그는 얼마 지나지 않아 마이너리그로 내려갔다. 100마일의 공을 뿌려대는 마틴 스트라우스조차도 마이너리그를 거쳤다. 어린 선수들은 마이너리그에서 자신들의 처지와 인생을 배우게 된다.

J.J.버킨은 바람이 불어오는 마운드를 지켜보았다. 마운드에서는 피터 박스터가 공을 던지고 있었다.

피터 박스터는 레드삭스가 월드시리즈 우승을 할 때 주역이었지만 작년에는 별로 좋지 못했다. 9승 14패로 기대 이하의 성적을 거두었다.

선발진의 무게는 아무래도 JJ.버킨이 조금 우세했다. 레드삭스의 선발 피터 박스터는 92마일 전후의 직구와 날카로운 커브, 그리고 슬라이더를 던진다.

그의 공은 무거워서 장타가 잘 안 나온다. 하지만 상대는 양키스. 메이저리그에서 가장 실력이 있는 선수들을 돈으로 끌어모으는 악의 축이다.

비록 레드삭스가 메이저리그 최고의 명문 구단인 것은 분명하지만 양키스의 스타인브레너가 뿌리는 돈의 위력 앞에서는 무력하다. JJ.버킨도 스타인브레너의 작품이니 당연히 고액 연봉자이고 실력도 메이저리그 최정상급이다.

양키스 선수는 1회부터 끊임없이 투수를 괴롭히는 야구를 했다. 예전의 양키스가 한 방에 의지했다면 지금은 타격의 정교함으로 승부하고 있다.

시원함은 없어졌지만 꾸준한 득점으로 안정적인 야구를 한다. 그래서 양키스에는 아직 스타가 없다. 베이브 루스와 같은 한 방으로 승부를 뒤집는 카리스마가 있는 선수가.

요한 지터의 후계자로 인정받는 레리 핀트가 타석에 들어서자 조용한 양키스의 관중들이 조금 시끄럽게 변했다. 삼열이 레리 핀트를 보자 왜 그런지 금방 이해가 되었다.

한마디로 잘생긴 녀석이었다. 큰 키에 늘씬한 몸매를 가진 그는 조각 같은 외모와 선량한 미소를 잘 짓는데 매우 매력적이었다.

'제길, 잘난 놈이잖아!'

삼열은 헬멧 사이로 보이는 금색의 머릿결을 보며 그가 여자들의 마음을 단숨에 사로잡는 아폴론 같다고 생각했다. 외모 하나는 아주 부러운 녀석이었다.

"저 녀석 잘해?"

삼열의 시큰둥한 말투에 JJ.버킨은 미소를 지었다. JJ.버킨은 삼열과 핀트를 번갈아 보았다.

삼열의 입에서 좋은 말이 나오지 않는 이유가 금방 짐작이 갔다. 삼열이나 자신은 투수로서 이상적인 키와 몸을 가지고 있지만 얼굴은 별 볼 일 없다. 반면 핀트는 그들보다 다소 작지만 그림같이 잘생겼다. 게다가 실력도 좋아 중심타선에서 항상 제 몫을 해주고 있다.

요한 지터가 섹시한 매력을 가졌다면 젊은 핀트는 소년 같은 풋풋함이 느껴진다.

삼열은 JJ.버킨처럼 실력이 있는 선수가 자신의 경쟁자가 아니라 인기가 많은 선수가 경쟁자라고 생각한다. 컵스에서는 최고의 인기를 누렸던 삼열이라 은근히 잘생기고 실력이 좋은 선수가 신경 쓰였다.

딱.

핀트가 친 타구가 좌중간을 가르는 2루타가 되었다.

'젠장, 호모같이 생긴 녀석이 잘하네.'

삼열은 핀트가 피터 박스터의 빠른 직구를 그대로 노려쳐 안타를 만드는 것을 보며 조금 놀랐다. 배트의 스피드가 굉장히 빨랐던 것이다.

삼열은 눈을 감았다. 그리고 생각했다. 어떻게 하면 이 양키스에서 티셔츠를 많이 팔아먹을 수 있을까 하고.

그러기 위해서는 일단 절대적인 실력으로 인기를 얻어야 한다. 자신이 얼굴로 먹어주는 타입이 아니니 어쩔 수가 없다.

에드워드 카노가 적시타를 치자 핀트는 바람처럼 달려 홈으로 들어왔다. 3 : 1, 양키스가 앞서가고 있었다.

삼열은 별로 기쁘지 않지만 기쁜 척을 하며 핀트와 하이파이브를 했다.

투수가 타자들과 사이좋게 지내지 않으면 승리투수가 되는데 지장을 받을 수 있기 때문이다. 어쨌든 투수가 아무리 잘 던져도 타자가 점수를 내지 못하면 이길 수 없기 때문이다. 그러면서 그리스 신화에 나오는 듯한 얼굴을 훔쳐보았다.

'역시 다시 봐도 재수 없는 놈.'

괜히 쳐다보는 것 자체로 기분이 나빠지는 얼굴이다. 아마도 양키스의 차세대 스타는 이 레리 핀트가 될 것이라는 예감에 삼열은 나직하게 한숨을 내쉬었다.

'돈 받은 만큼은 최소한 해줘야지. 그러다 보면 인기는 자연

히 따라오게 되어 있어.'

삼열은 양키스가 점수를 더 이상 내지 못하고 공수가 교대되는 것을 지켜보았다. 특별히 삼열은 레드삭스 타자들에 주목했다. 어차피 지명타자 제도가 있는 아메리칸리그에서는 투수가 타석에 서는 일이 없기에 상대 투수를 연구할 필요는 없다.

삼열은 양키스가 공격할 때는 눈을 감거나 멍하게 지켜보았고 레드삭스가 공격할 때는 눈을 빛내며 보았다. JJ.버킨과 피터 박스터의 대결은 싱겁게 끝이 났다. 피터 박스터가 6회에 또다시 2점 홈런을 맞자마자 강판당하고 만 것이다.

*   *   *

개막전은 양키스가 6 : 2로 이겼다.

삼열은 시합이 끝나고 선수들과 가볍게 축하를 하며 양키스타디움을 빠져나왔다. 그의 차가 어둠이 깔린 거리를 미끄러지듯 달렸다. 삼열은 20분 만에 집에 올 수 있었다.

현관문을 열자마자 제시가 꼬리를 흔들며 뛰어나왔다. 그뒤로 줄리아와 조셉이 경쟁을 하듯 달려왔다.

"아빠, 아빠."

삼열이 자신의 품을 파고드는 줄리아를 안자 조셉이 시샘을 하며 안아달라고 보챘다. 삼열이 작고 어린 조셉을 안으려고 하면 줄리아가 떼를 쓰며 자신만 안아달라고 하는 통에 애를 먹었다.

"이 시간까지 왜 안 잤어?"

"아빠, 기다렸지. 히히."

웃는 딸을 안고 삼열은 마리아와 가볍게 키스했다. 조셉은 마리아의 품에 안겨 줄리아를 째려보았다. 삼열은 마리아의 손을 잡고 안으로 들어갔다. 식탁에는 마리아가 준비한 음식들이 놓여 있었다. 삼열은 스테이크와 샐러드를 번갈아 먹으며 마리아의 말을 들었다.

"여보, 오늘 어땠어요?"

"역시 양키스의 선수들은 조금 빠릿빠릿한 것 같아. 승리투수가 되는 것은 어렵지 않을 것 같은데, 나쁘지 않았어."

"JJ.버킨이 오늘 등판했는데 괜찮아요?"

"뭐 어때. 아무나 나가서 이기면 장땡이지."

삼열의 말에 마리아는 안도했다. 예민한 성격의 사람이라면 자신이 에이스가 되지 못한 것에 쉽게 마음을 다칠 수도 있다. 자존심이 강한 사람 중에 생각 외로 그런 사람이 많았다.

그러나 아무것도 아닌 일에 자존심을 내세우는 것은 현명한 일이 아니다.

마리아는 삼열이 자존심이 굉장히 강한 것을 알고 있다. 다만 개성이 강해 남들과 다르게 생각하는 것이 많을 뿐이다. 삼열이 고등학교 시절에 전교생에게 왕따를 당하자 오히려 다른 학생들을 따 시켰다는 말이 생각나 마리아는 얼굴에 미소가 떠올랐다.

"왜 웃어?"

"아뇨, 그냥요."

"어, 이거 수상한데. 엄마가 낮에 아빠 몰래 맛있는 것 먹은 거 아니니?"

"아니야, 아니야. 엄마는 맛있는 것 생기면 아빠 줘야 한다고 항상 챙겨서 우리가 먹고 싶어도 못 먹게 해."

"누나 말이 맞아."

줄리아의 말에 조셉이 고개를 끄덕이며 대답했다.

"아이, 여보. 왜 그래요. 전 당신이 최고예요."

"아, 그렇지."

삼열이 괜한 말을 꺼내서 본전도 찾지 못하고 입을 닫았다. 그 모습을 보며 마리아와 아이들이 크게 웃었다. 웃기는 일도 아닌데 이렇게 웃을 수 있어서 삼열은 기분이 좋았다.

"당신, 다시 일하고 싶지 않아?"

"조금 하고 싶기는 해요."

삼열은 집에만 있는 마리아가 안쓰러워 물어봤더니 다소 일을 하고 싶어 하는 눈치였다. 젊고 유능한 마리아는 집에만 있는 것이 좀이 쑤실 것이다. 그렇다고 아이들이 어려 직장생활을 하는 것도 추천할 수는 없었다. 아이들을 돌보면서 직장생활을 하는 것이 보통 어려운 것이 아닌 것을 삼열도 알기 때문이다.

"여보, 당신 소설이나 글 같은 것 쓰는 게 어때?"

"그것도 집에 있는 것이긴 마찬가지잖아요."

"그렇긴 하지."

삼열이 고개를 끄덕였다. 지금의 마리아가 필요한 것은 다른 환경이지 무엇을 하느냐 하는 것은 아니었다.

"작은 가게 같은 걸 하나 해보는 건 어때?"

"그럴까요?"

삼열은 물론 마리아가 집에만 있는 것이 더 좋았다. 그것이 아이들의 정서에도 좋고 자신도 편하고. 하지만 활동적으로 일하던 사람이 결혼하면서 너무 집에만 있는 것도 좋은 것은 아니라는 생각이 들었다.

"아니면 마리아나 재단에서 일을 해봐."

"마리아나 재단은 시카고에 있잖아요."

"여기로 옮기면 되지."

"아, 그런 방법이 있네요."

물론 재단을 옮기면 돈이 들지만 여기가 오히려 일하기가 더 좋다. 뉴욕은 스티브 맥클레인이 재단의 돈을 운용하는

데 시카고보다 훨씬 유리하니까.

"하지만 컵스의 팬들이 팔아주는 티셔츠도 무시하지 못하잖아요."

"물론 지금은 그렇지. 하지만 앞으로는 내가 그곳을 떠나왔으니 티셔츠의 판매량도 줄어들 거야. 그리고 이곳 뉴욕이 시장이 더 크니 이곳에 신경을 더 많이 써야 해."

"그럼 한번 생각해 볼게요."

디저트를 먹는데 아이들은 졸린지 눈을 비비며 자신들의 방으로 들어가 버렸다.

"이제 내일 첫 등판이네요."

"응, 내일이 처음이야."

"떨려요?"

"응. 처음은 항상 떨리지. 그러나 긴장은 안 해. 이길 만하면 이기는 것이고 아니면 아닌 거니까."

"그래요, 여보."

마리아는 삼열의 손을 잡고 일어났다. 요즘 들어 부부관계의 빈도가 더 많아져 마리아는 만족스러웠다.

나이가 들면서 서로의 애정을 확인하는 것이 얼마나 소중한 것인지를 깨닫고 있는 것이다.

섹스는 마약 같다. 쉽게 중독되고 끊을 수 없으며 기이한 열정을 가지게 한다. 하지만 건전한 관계는 정신적으로 매우 안정적으로 만들어 주기에 요즘 들어 셋째를 가지는 것은 어떨까 의논을 하고 있었다.

날이 밝자마자 삼열은 가벼운 열기를 느꼈다. 미열인가 하고 보았더니 아니었다. 생각 외로 몸이 긴장하고 있었다. 이렇게 낯선 곳에서 오늘 처음 공을 던지는 것은 새로운 시작을 의미한다. 그것이 삼열을 떨리게 만들었다.

삼열은 아침을 먹고 나서 구단연습장에 가서 몸을 풀고 동료 선수들과 가볍게 이야기를 하면서 몸의 감각을 예리하게 가다듬었다.

시간이 다가올수록 삼열은 떨렸지만 그럴수록 정신은 맑아졌다. 10년을 메이저리그에서 활동했지만 오늘은 마치 새로 메이저리그에 올라온 느낌이었다.

'오늘 다 죽여주지.'

삼열은 시간이 다가올수록 의지를 단단히 했다. 정신이 무너지지 않으면 경기에서 지지 않는다. 그것을 너무나 잘 알고 있는 삼열은 마음을 컨트롤했다.

마음을 확고히 하자 가볍게 떨려오던 것이 조금씩 잦아들었다.

삼열은 양키스타디움에 서서 관중들을 바라보았다. 일찍 들어온 홈팬들이 모두 그를 바라보고 있었다. 그들은 새로운 투수가 과연 명성에 걸맞게 활약을 할까 궁금해하고 있었다. 그 모습을 보고 하하, 하고 삼열이 가볍게 웃었다.

드디어 삼열이 마운드에 섰다. 주위를 돌아보며 파워 업을 외쳤다. 그의 행동을 따라 파워 업을 외치는 관중들이 꽤 많았다.

삼열은 플레이가 시작되자 마운드에 서서 거만한 표정으로 타석에 들어서는 레드삭스의 선수를 바라보았다. 차갑고 뜨거운 미소가 그의 입가에 나타났다.

삼열은 마운드에 서 있는 것 자체로 짜릿한 흥분을 느꼈다. 이제까지 레드삭스와는 인터리그에서 단 한 번 만났을 뿐이다. 그때 삼열은 첫 번째 퍼펙트게임을 했다. 힘이 없을 때는 사람들에게 무시를 당해도 화를 내지 못하고 참을 수밖에 없다.

하지만 힘을 소유하게 되면 참지 않아도 된다. 삼열이 원하는 가장 깔끔한 복수는 자신들이 버린 선수가 얼마나 뛰어난 선수인지를 친히 그들에게 증명하는 것이다.

'와라, 다 죽여주마.'

삼열은 공을 던졌다. 공이 섬광처럼 날아가다가 타자 앞에서 휘어졌다. 공이 지난 뒤에 타자의 배트가 따라 나왔다.

펑.

"스트라이크."

1번 타자 제이슨 에스트라스는 배트를 휘두른 다음에 깜짝 놀랐다. 공의 속도도 엄청나게 빨랐지만 그가 느낀 공의 무브먼트가 굉장했기 때문이다. 마치 벌이 윙윙거리며 나는 듯이 공이 크게 떨었기 때문이다.

'뭐 이런 놈이 다 있지?'

에스트라스는 타석을 벗어나 가볍게 배트를 휘둘러 보았다. 이런 공은 구속이 빠르지 않아도 치기 힘들다. 무브먼트가 심해 배트로 맞힌다고 하더라도 비껴 맞기 십상이다.

정직한 구질은 메이저리그에서 통하지 않는다. 워낙 체력과 운동신경이 뛰어난 괴물타자들이 많아 맞으면 그냥 홈런이기 때문이다. 그러니 공이 비록 빠르지 않아도 맞지 않으면 된다. 그것이 안 되면 맞아도 배트의 중심에만 맞지 않으면 된다.

삼열의 공은 엄청나게 빨랐고 배트의 중심에 맞히기 힘든 공이었다. 이러한 것이 삼열을 메이저리그 최고의 투수가 되게 만든 요인이었다.

삼열은 에스트라스의 데이터를 기억했다. 몸쪽 공에 무척 강하고, 변화구나 낮은 공에 상대적으로 약하다. 타격이 정교하지만 유인구에도 약한 편이다.

삼열은 공을 던졌다. 공이 포수의 무릎을 살짝 걸치며 들어갔다.

펑.

"스트라이크."

에스트라스는 나직하게 한숨을 내쉬었다. 자신이 싫어하는 곳으로 공이 들어왔기에 제대로 배트를 휘두를 수도 없었다.

'젠장, 젠장. 빌어먹을!'

에스트라스는 손에 힘을 주고 배트를 꼭 쥐었다. 어깨에 힘이 들어가는 것이 느껴진다. 그는 꼭 치고야 말겠다는 의욕으로 충만해졌다.

'어떻게든 쳐야 해.'

에스트라스는 자신이 선두타자라는 것을 생각했다. 1번 타자가 게임을 풀어가지 못하면 시합이 어려워지기에 이를 악물었다. 하지만 내셔널리그에서 넘어온 괴물 투수는 폼 하나만으로도 심상치가 않았다.

에스트라스는 다시 공이 날아오자 배트를 힘껏 휘둘렀다. 공을 끝까지 노려보고 날카롭고 빠르게 휘둘렀다.

펑.

"스트라이크."

공이 바깥쪽에서 안쪽으로 역회전해 들어왔다. 그는 서클체인지업보다는 엄청나게 빠른 속도에 깜짝 놀랐다.

삼열이 아웃카운트 하나를 잡는 것을 지켜본 조니 웹 아나운서가 놀라며 어니 슐러 해설위원을 바라보았다. 그러자 어니 슐러가 재빠르게 입을 열었다.

—놀라운 일입니다. 스크루볼이군요. 우리가 고대하던 그 공 말이죠.

—정말 스크루볼이 맞습니까?

—그렇습니다. 삼열 선수가 스크루볼을 종종 던지는 것은 이미 잘 알려진 사실입니다. 삼열 강 선수의 스크루볼은 교통 사고를 당하기 전부터 연마를 해왔습니다. 그리고 가끔 시합 중에 던졌습니다. 교통사고로 좌완으로 변신한 후에는 이 스크루볼을 던지지 못했고요.

—네? 그게 무슨 말씀이죠? 정말 삼열 선수가 이전에도 스크루볼을 던졌었다는 말인가요?

—네. 그때는 스크루볼을 제대로 연마하지 못한 상태에서 던져 종종 홈런을 맞았다고 합니다. 이런 사실을 팬들이 몰랐던 이유는 점수 차가 크게 나는, 즉 승부가 기운 경기에 던졌기에 눈치를 채지 못한 것이죠.

—하긴 이해가 됩니다. 스크루볼이 제구가 제대로 되지 못하면 밋밋한 체인지업이나 마찬가지지요.

—오늘 삼열 강 선수의 컨디션이 상당히 좋아 보이는데요. 공의 구속이나 제구, 무브먼트 등 뭐 하나 나무랄 데가 없네요. 이제 아웃카운트 하나 잡았지만 그동안의 삼열 강의 경기를 본다면 오늘 레드삭스 점수 내기가 쉽지 않을 것 같습

니다.

　—말씀드린 순간 2번 타자 제임스 페레이라 타석으로 들어섭니다. 이 선수는 어떤 선수죠?

　—2006년에 레드삭스에 입단한 이후 계속 빨간 양말을 신고 있는 선수로 1,767개의 안타와 통산 0.303의 타율을 기록하고 있는 전형적인 보스턴맨이죠. 바비 슐츠 감독의 신뢰가 대단한 선수입니다. 찬스에 능하고 빠른 볼과 변화구 모두 다 잘 대처하는 선수입니다.

　—삼열 선수, 타자가 타석에 서자마자 곧바로 공을 던졌습니다.

　삼열이 던진 공이 포수의 미트에 그대로 꽂혔다. 컴퓨터와 같은 정교한 제구력을 가진 삼열의 공은 빠르고 날카롭게 포수의 미트 속으로 사라졌다.

　펑.

　"스트라이크."

　페레이라는 입술을 혀로 살짝 핥았다. 의도했던 일이 잘 풀리지 않을 때 나오는 버릇이었다.

　그가 느끼는 삼열의 공은 무언가 달랐다. 단순히 빠른 것이 아닌, 말로 표현하기 힘든 엄청난 공이었다.

　비교한다면 반지의 제왕에 나오는 인간의 욕망을 주체하지 못하게 만드는 그 반지 같았다. 공이 휙 하고 지나갔는데 말할 수 없는 위압감이 느껴졌다.

'메이저리그 최고의 투수라고 하더니 정말이구나.'

페레이라는 눈을 잠시 감았다가 떴다. 유달리 타격 감각이 좋은 그는 비교적 오랜 시간을 레드삭스에서 선수 생활을 했지만 결코 이렇게 위압적인 공을 본 적이 없었다.

내셔널리그의 사이영상을 밥 먹듯이 수상했다는 이 시대 최고의 투수!

그 말이 맞았다. 그 이하도 그 이상도 아니었다. 딱 그대로 그는 최고였다.

'곤란하군.'

페레이라는 불길한 느낌을 받았다. 이런 느낌을 받는 날은 거의 예외가 없이 경기에서 졌다. 하지만 남들보다 더 작은 체구를 가진 그가 메이저리그에서 성공할 수 있었던 이유는 불굴의 의지로 달려 나가는 강인한 정신에 있었다.

그는 승부가 크게 기운 경기에서도 결코 포기하지 않고 안타를 만들어내곤 했다. 그리고 이런 강인한 정신력이 바비 슐츠 감독의 신뢰를 얻게 했다.

다시 공이 날아왔다. 우타자인 그의 앞에서 바깥쪽으로 빠르게 공이 지나갔다. 그는 힘껏 배트를 휘둘렀다.

딱.

배트의 윗면을 스친 공은 힘없이 데굴데굴 굴러갔다. 2루수 에드워드 카노가 뛰어나와 가볍게 잡아 1루로 던졌다.

아웃.

삼열은 아웃카운트 2개를 잡고 호흡을 골랐다. 유감이 조금 있는 팀이지만, 감정에 휘둘려서는 프로로서 성공할 수 없다.

비록 만만하게 보이는 선수라 하더라도 최선을 다해 던져야 한다. 삼열은 다시 힘차게 공을 던졌다.

에릭 에드가는 배트를 본능적으로 휘둘렀다. 삼열은 볼을 자주 던지는 투수가 아니다. 그렇다고 유인구를 잘 던지는 투수도 아니었다.

강속구 투수들이 흔히 그러하듯 정면승부를 즐겼고 이렇게 공격적인 피칭을 했기에 오히려 많은 이닝을 던질 수 있다.

펑.

"스트라이크."

공이 너무 빨랐다. 이상해서 전광판을 쳐다보았다. 102마일의 빠른 직구였다.

'하, 이런 공을 어떻게 치나.'

강속구 투수의 단점 중 하나는 제구력이었다.

빠른 공을 던지는 것은 절대로 쉽지 않다. 변화구는 이렇게 힘으로 몰아붙이지 않는다. 왜냐하면 변화구는 타자를 속이는 공이기 때문이다.

속이는 공은 타자의 눈을 현혹시키는 현란함만 있으면 된다. 하지만 강속구는 힘으로 몰아붙이지 않으면 난타를 당하는 구질이다. 그러기에 강속구 투수들은 제구력에 문제가 항상 있었다. 하지만 삼열의 공은 낮고 위력적이다.

공이 다시 날아왔다. 에릭 에드가는 다시 배트를 휘둘렀다.

딱.

배트가 부러지면서 공이 투수 앞으로 빠르게 굴러갔다. 삼열이 뛰어나와 공을 잡아 1루에 가볍게 던졌다. 에드가는 자신의 부러진 배트를 멍하니 바라보았다. 커터였다.

'젠장할!'

에드가는 부러진 배트를 발로 툭 찼다. 주심이 그를 한번 쳐다보았지만 경고를 주거나 퇴장을 시키지는 않았다. 더그아웃으로 들어가면서 살짝 찬 것이라 의도가 없다고 본 것이다.

게다가 이미 1회 말이 끝나고 공수가 교대되고 있었다. 문제 삼을 수도 있지만 그렇게 되면 경기가 파행으로 치달을 확률이 높아 주의하라는 눈빛만 보내고 말았다.

에드가가 더그아웃에 들어가 수비를 하려고 글러브를 잡았을 때 보스턴 선수들이 삼열의 공이 어떤지를 물었다.

"보다시피 굉장한 공이야. 당장은 어떻게 할 방법이 없어 보여. 볼을 거의 던지지 않는 투수라 기다리면 삼진이고 공격을 하면 범타가 나올 수밖에 없는 그런 공을 던져. 한마디로 무시무시해."

에드가의 말에 레드삭스의 선수들이 고개를 끄덕였다. 어제 경기에서 레드삭스는 졌다. 그래서 오늘은 경기에서 꼭 이겨야 한다.

영원한 적수 양키스를 상대로 시즌 초반부터 밀리면 시즌 자체가 곤란해진다. 비록 원정경기라 하더라도 3연전에서 1승은 챙겨 가야 하는데 연패를 당하면 팀 분위기가 가라앉는다.

삼열은 이닝을 마치고 더그아웃에 들어와 눈을 감았다. 1이닝을 던지고 내려오자 그의 몸을 지배하고 있던 중압감이 사라지고 없었다. 공을 던져 타자들을 처리했다는 것, 단지 그 행동만으로 하루 종일 그를 지배했던 긴장감이 사라진 것이다.

삼열은 몸이 축 처지는 것 같아 의도적으로 몸을 긴장시켰다.

삼열이 다시 눈을 뜨자 JJ.버킨이 웃으며 삼열에게 말했다.

"여, 오늘 굉장한데."

"후후, 고마워."

삼열은 그의 칭찬에 흡족한 미소를 지었다. 까칠하기는 하지만 무난한 성격을 가진 삼열은 다른 사람과 사귀는 데 어려움이 없었다.

지극히 개인적인 성격을 가진 탓도 있었고 사람들은 그가 악동이라는 사실을 이미 알고 있어 어지간한 일이 아니면 그와 트러블을 일으키지 않는다. 아메리칸리그의 선수들도 삼열의 괴상한 짓들에 대해 이미 알고 있었다.

"헤이, 럭키 가이. 너의 공포의 그 마구 멋졌어!"

피터 안드레가 감탄한 듯 삼열의 구위를 칭찬했다. 특히 삼열의 커터와 스크루볼은 굉장히 위력적이었다. 직구와 커터, 커브, 그리고 스크루볼 이 네 가지만 섞어서 던져도 타자들은 절대로 타이밍을 잡을 수가 없다.

삼열은 비록 1이닝을 투구하였지만 동료 선수들의 인정을 받았다.

그의 공은 메이저리거라면 누구나 인정할 정도로 매력적이고 강했다. 그것은 마치 청순하면서도 섹시한 아름다운 여자 같았다. 공존할 수 없는 이미지가 나란히 존재하는 카리스마가 삼열의 투구에는 있었다.

그러기에 자존심이 강한 양키스의 선수들이 먼저 삼열에게 접근하여 칭찬한 것이다.

양키스의 타자들은 2회 초에도 점수를 내지 못하고 무력하게 물러났다. 삼열은 피식 웃으며 마운드로 올라갔다. 그리고 타석에 상대편 타자들이 나오기 전에 적절한 타이밍에 파워 업을 외쳤다.

'세뇌가 가장 빠르지.'

삼열은 자신의 파워 업 모션에 맞춰 응원을 해주는 양키스의 팬들을 보며 고지가 멀지 않다고 생각했다. 파워 업 티셔츠를 팔아먹는 데 많은 시간이 걸리지 않을 것을.

시카고 시민들도 많은 티셔츠를 사줬지만 이곳 뉴욕은 부유한 사람들이 많은 곳이라 이전보다 더 많은 셔츠를 팔 수 있을 것이다.

삼열은 마운드에서 팔을 벌려 잠시 바람을 맞았다. 이런 행동 하나하나가 모두 쇼였다. 특별하고 괴상하게 보여야 사람들의 머릿속에 강하게 남는 법이다.

공 하나만 잘 던지는 선수로 팬들의 머릿속에 남으면 곤란하다. 공을 던짐으로 팬들을 행복하게 만드는 것. 그것이야말로 팬들이 파워 업 티셔츠를 사게 만드는 가장 좋은 방법이다.

양키스의 팬들과 선수들, 그리고 레드삭스의 선수들은 이 기괴한 삼열의 행동에 어이가 없었다. 다소 무례해 보이기도 하는 이러한 행동들이 재미는 있었다.

'무엇을 상상해도 그 이상을 보여주마.'

삼열은 공을 던졌다.

펑.

4번 타자 케빈 저스티어는 움찔 놀라 자신도 모르게 뒤로 조금 물러났다. 그는 자신이 겁을 집어먹은 것에 화가 났지만 곧 환호하는 관중들의 눈을 따라 전광판을 바라보았다. 거기에는 107마일이라는 숫자가 선명하게 적혀 있었다.

그제야 자신이 왜 겁을 먹었는지 깨달았다. 이성보다 몸이 한발 앞서 상대 투수 공의 위력을 인식했던 것이다.

'젠장, 괴물 같은 놈!'

170㎞/h의 공을 보며 놀라지 않는다면 그것은 거짓말이다. 배트에 공을 맞혀보지는 않았지만 미트에 꽂히는 소리로 봐서는 빠르기만 한 것이 아니라 저 큰 키에서 내리꽂을 때 몸의 무게도 실은 것이 확실했다.

사실 투수와 타자가 서로 모르는 상태에서 만났을 때는 투수가 절대적으로 유리하다. 타자는 어떤 공이 날아올지 예측하지 못한다면 제대로 칠 수가 없기에.

"후하~!"

케빈 저스티어는 자신도 모르게 한숨을 내쉬었다. 그것은 공을 받는 피터 브라이언도 마찬가지였다.

아까부터 은근히 손바닥이 아파왔다. 포수의 손은 수없이 많은 공을 받기에 손바닥이 다른 선수들보다 더 두껍고 강하다. 그런데 이렇게 손바닥이 아프다는 것은 그만큼 공이 위력적이라는 것이었다.

'괴물이로군.'

브라이언은 자신도 모르게 이 괴물 같은 선수에게 관심이 갔다. 포수의 미트는 다른 선수들의 글러브와는 비교도 할 수 없이 튼튼하고 충격을 흡수하는 능력이 좋다. 그런데도 이렇게 손바닥을 울리는 묵직한 느낌이라니.

그는 삼열에게 공을 던지며 회심의 미소를 지었다.

'멘탈도 강한 것 같은데 구위가 정말 굉장하군. 양키스가 보물을 얻었어. 어쩌면 나도 반지를 얻게 될지 모르겠군.'

브라이언도 신문 기사를 봐서 삼열이 어떤 선수인지 알고 있다. 컵스가 월드시리즈를 우승하는 데 공을 세운 자. 아니, 컵스를 우승하게 만든 뛰어난 마운드의 지배자.

그는 평소 동양인에 대한 편견을 가지고 있지만, 그런 그조차도 공을 받아보고 나서 생각이 완전히 바뀌었다.

그는 삼열의 구위가 좋은 것을 보고 마음껏 투수를 리드했다. 구위 자체가 좋으니 맞아도 장타가 나오기 힘들었다. 그리고 멘탈이 강해서 안타를 맞아도 흔들릴 것 같지 않았다.

브라이언은 미소를 지었다. 위대한 태양이 구름을 뚫고 사람들 앞에 모습을 내보인 것이다.

보스턴의 4, 5, 6번 타자가 모두 삼진으로 물러나자 드디어 양키스타디움이 시끄러워졌다.

메이저리그 최고의 투수라는 수식어가 붙은 선수다운 강력한 투구였다. 삼열이 단순하게 삼진을 시켰다면 조용한 양키스의 팬들이 이렇게 들뜨지 않았을 것이다.

삼열이 처음 마운드에 섰을 때 프로선수는 연극배우처럼 임팩트와 즐거움을 팬들에게 줘야 한다고 생각했다. 그래서 다소 과한 행동을 많이 했다. 프로는 팬을 위해 기꺼이 즐거운 광대가 되어야 한다고 여겼던 것이다.

삼열은 투수란 어떻게 공을 던져야 하는지를 보여주는 교과서적인 투구 폼으로 아주 효율적으로 던졌다.

조 알렉산더 감독은 회심의 미소를 지었다. 양키스로 데려오면서 다소 걱정을 했던 것도 사실이다. 선수들 가운데 종종 팀이 바뀌면 적응을 제대로 하지 못하는 경우가 있다.

'저 녀석은 그런 걱정은 하지 않아도 되겠군.'

조 알렉산더 감독은 안도의 한숨을 내쉬었다. 무려 1억 3천만 달러의 초대형 계약을 한 선수다.

그 엄청난 연봉이 단지 3년 치에 불과했다. 그러니 그는 삼열에 대해 걱정 아닌 걱정을 할 수밖에 없었다. 왜냐하면 삼열의 영입을 가장 강력하게 주장한 사람이 바로 자신이었기 때문이다.

"잘 던지는군요. 그것도 엄청나게 말입니다."

토니 페냐 벤치 코치가 선수들의 기록이 담긴 차트를 보며 말했다.

"일단 합격점이군."

알렉산더는 자신이 얼마나 걱정을 많이 했는지 들키지 않으려고 무척이나 노력했다. 하지만 노련한 페냐 코치는 알렉산더 감독이 삼열에게 얼마나 신경을 곤두세우고 있는지 잘 알고 있었다.

삼열이 받는 연봉은 역대 FA 최고의 대우를 받은 A.로드만의 10년 2억 7500만 달러보다 훨씬 많은 금액이다. 투수가 이렇게 많은 금액을 받은 경우는 메이저리그 역사상 처음이기도 했다. 그러니 만약 삼열이 조금만 부진해도 가장 애를 태울 사람은 그를 추천한 알렉산더 감독이었다.

삼열이 마운드에서 내려가면서 뒤를 돌아보며 관중들을 향해 손을 흔들었다. 그러자 이전과는 다르게 엄청난 박수와 환호가 뒤를 따랐다.

이런 환호는 삼열이 뛰어난 투수라서 얻은 것보다는 그의 쇼맨십 때문이었다. 사실 삼열이 마운드에서 특이한 행동을 해도 심판이 경고나 퇴장을 주기가 쉽지 않았다. 플레이 상태에서는 과한 행동을 하지 않기 때문이었다.

―이제 2회가 끝났지만 양키스의 응원이 아주 뜨거워지고

있습니다. 삼열 강 선수 완전히 양키스에 적응한 느낌이 드는 데 슐러 해설위원은 어떻게 보셨습니까?

―조니 웹 아나운서도 알다시피 삼열 강은 매우 매력적인 캐릭터입니다. 아시아인이 이렇게 메이저리그에서 인기가 있는 경우는 거의 없었지요. 일본 선수들이 실력으로는 인정을 많이 받고 있지만 그것과 인기는 비례하지 못합니다. 반면 삼열 강은 그렇지가 않습니다. 그가 무엇을 해도 컵스의 팬들은 웃으며 지지를 했지요. 그런 마술 같은 일이 이제는 양키스에서도 일어날 것 같군요.

―하하, 그렇군요. 그렇다고 삼열 강 선수가 수염을 기르거나 하지는 않겠지요.

―그럴 리가 없지요. 우승에 미친 스타인브레너 구단주라도 그런 항명은 받아들이지 않을 것입니다. 그리고 삼열 강 선수는 터부나 룰은 절대로 건드리지 않는 선수이니 문제는 없을 것입니다.

―삼열 강 선수의 부인 마리아 강은 오늘 보이지 않는군요. 오지 않았을까요?

―글쎄요. 마리아 강 부인은 야구를 무척이나 좋아하는 것으로 알려졌지요. 실제로 레드삭스와 컵스 구단에서 근무한 경험도 있습니다. 아마도 나왔을 것입니다. 특별한 무슨 일이 없다면 말입니다. 오늘은 삼열 강의 첫 등판 아닙니까?

―하하, 그러면 그 귀여운 줄리아 양도 나오는 거겠죠.

―줄리아 양도 매우 귀여운 모습을 보여주고 있는데요. 정확한 것은 아니지만 들리는 말에 의하면 힘이 엄청나게 세다고 하더군요. 머리도 좋지만 뛰어다니는 것을 매우 좋아한다고 합니다.

―하하, 줄리아 양을 좋아하는 아이들도 많은데 좋은 정보이군요.

*　　　*　　　*

5회가 끝나자 삼열은 1루 쪽에 있는 여자아이에게 가지고 있던 공을 주었다. 삼열에게 공을 받은 여자아이가 좋아 입가에 미소를 지으며 두 팔을 위로 활짝 들었다.

그때였다.

"아빠, 아빠! 나도, 나도 줘!"

그동안 보이지 않던 줄리아가 갑자기 튀어나오며 소리를 질렀다. 마리아가 어쩔 수 없다는 표정으로 손으로 머리를 잡고 어색한 미소를 지었다. 마리아가 나오자 조섭도 따라 나왔다.

삼열은 줄리아를 보며 말했다.

"나중에 줄게. 지금은 아빠에게 뽀뽀."

"응, 뽀뽀."

삼열이 허리를 숙이자 줄리아가 재빠르게 삼열의 볼에 입을 맞추었다. 그러자 삼열에게 야구공을 선물 받은 여자아이가 줄리아의 눈치를 살피더니 쭈뼛쭈뼛 다가와 삼열의 볼에 키스했다.

수잔나는 원래부터 삼열의 팬이었다. 그래서 오늘 삼열이 나온다고 해서 파워 업 티셔츠를 입고 왔는데 공까지 선물 받으니 너무 기뻐 삼열에게 호감을 표시한 것이다.

예쁘고 귀여운 얼굴이 붉게 변했다. 그러자 줄리아의 눈이 황소의 눈처럼 커졌다.

"너어……."

줄리아가 화를 냈지만 마리아가 나지막하게 '줄리!' 하고 부르자 곧 얌전한 강아지처럼 변해 버렸다.

이 광경이 카메라에 잡혀 전광판에 나가자 팬들이 즐거워하며 박수를 쳤다.

가정은 미국인들의 삶에 가장 중요한 요소 중 하나다. 개인적인 성향이 강한 미국인들은 가정의 소중함을 누구보다 잘 알고 있다. 행복한 가정의 모습을 보며 양키스 팬들은 삼열에게 깊은 호감을 느꼈다.

삼열이 더그아웃으로 돌아가려고 하자 줄리아가 손을 흔들며 '바이, 바이'라고 소리쳤다.

바비 슐츠 감독은 인상을 썼다. 인터리그에서 단 한 번 마주쳤지만 그때 치욕적인 퍼펙트게임을 당했다. 오늘도 5회까지 퍼펙트를 당하고 있다.

그는 안타나 볼넷이 하나도 없기에 불안감을 가지고 삼열을 바라보았다.

외견상 별로 대단한 것은 없는 선수다. 하지만 그가 공을 손에 잡기만 하면 레드삭스의 타자들은 추풍낙엽으로 변해 버린다. 도대체 대적할 수가 없다.

삼열의 공이 굉장히 뛰어난 것은 명확한 사실이지만 그것보다 더 무서운 것은 레드삭스 타자들의 장단점을 거의 완벽하게 파악을 하고는 그것을 이용한다는 것이다.

"휴우~!"

입을 열자 저절로 한숨이 나왔다. 바비 슐츠 감독은 자신이 한숨을 내쉰 것에 당황해 급하게 입을 다물었다. 레드삭스의 더그아웃은 침울하게 변했다.

삼열에게 속수무책으로 당하자 화가 나는지 선수들의 표정도 좋지 않았다. 개막전에 이어 오늘도 진다면 팀 분위기가 가라앉을 수 있었지만 더욱 힘을 다해 노력해도 별반 달라지는 것이 없었다.

레드삭스의 클레이 벅스 투수는 6회가 되면서 흔들리기 시작했다.

95마일의 직구, 뛰어난 커브와 체인지업, 그리고 슬라이더는 메이저리그 투수의 평균 이상의 구위를 가졌다. 그는 한때 가장 뛰어난 유망주로 주목을 받다가 대학 시절에 팀 동료의 물건을 훔쳐 팔려다가 체포된 적이 있어 인기가 급락했다. 그래서 그는 드래프트 1번 보충픽 45번으로 지명을 받았다. 다른 구단이 모두 그를 외면했기 때문이다.

그는 오랜 시간을 준비하고 또 준비하였다. 매년 메이저리그와 트리플A 리그를 번갈아 가면서 경험을 쌓았다.

그는 2007년 신인으로 노히트 노런을 달성한 선수이기도 하다. 그때는 클레이 벅스가 잘 던지기도 했지만 레드삭스 선수들의 수비가 굉장했다. 특히 마지막 타자를 말끔하게 삼진으로 잡으면서 그는 자신의 존재감을 사람들에게 드러냈었다. 이후에 그는 레드삭스의 2선발로 활약하였다.

"날려 버려!"

1번 타자 레리 핀트가 타석에 서자 JJ.버킨이 큰 소리로 외쳤다. 그의 소리를 들었는지 핀트는 큼직한 2루타를 때리고 나갔다. 그제야 삼열은 박수를 쳤다.

어제만 하더라도 그의 잘생긴 얼굴이 마음에 들지 않았던 삼열은 승부의 전환점이 될 수도 있는 6회에 그가 2루타로 진루한 것을 기뻐했다.

2번 타자 스티브 댄이 안타를 치자 레리 핀트가 특유의 빠

른 발을 이용하여 홈으로 들어왔다. 삼열이 다시 박수를 쳤
다. 3번 타자 에드워드 카노가 흔들리는 클레이 벅스의 공을
쳐 펜스를 넘겼다.

"와아!"

"굿 맨!"

"역시 카노가 한 건 하는군."

양키스의 더그아웃에서는 신이 난 선수들의 환호성이 터졌
다. 반면 바비 슐츠 감독은 '아뿔싸' 하고 탄식을 터뜨렸다.

5회까지 클레이 벅스의 구위가 괜찮아 투수 교체를 할 생
각을 하지 못했다. 그리고 핀트에게 안타를 맞자 불펜진을 바
로 가동시켰다.

1실점을 하고 바로 바꿀까 하다가 한 템포를 늦추었더니 바
로 홈런을 두들겨 맞은 것이다.

후안 니베스 투수 코치가 불펜진의 준비가 끝났다고 연락
을 해와 바비 슐츠 감독은 즉각 투수를 교체했다. 하지만 너
무 늦은 교체였다.

1실점이라면 몰라도 3실점은 너무 컸다. 게다가 양키스의
공격은 아직 끝나지 않았다. 아직 아웃 카운트를 하나도 잡지
못하였다.

'베이브 루스의 악몽이 다시 나타나는 것은 아닌지 모르겠
군.'

레드삭스에서 쫓기듯 양키스로 트레이드된 베이브 루스는 양키스를 최고의 구단으로 만들어 주었다. 그때까지 홈구장이 없던 양키스는 베이브 루스가 오면서 폭발적으로 늘어난 관중들의 입장료 덕분에 양키스타디움을 지을 수 있었다. 양키스타디움은 베이브 루스가 지은 것이나 마찬가지였다.

그때의 악몽이 떠올랐다. 타자와 투수라는 것만 다를 뿐 거의 비슷했다. 두 선수 다 레드삭스에서 쫓겨나 양키스의 선수가 된 것이 말이다.

물론 삼열은 컵스에서 10년을 있었지만 결과적으로는 양키스의 선수가 되었다.

'밤비노의 저주가 비로소 끝났는데… 앞으로 뭐가 일어날지 생각하는 것만으로 두렵군.'

정말 힘겹게 레드삭스는 86년 만에 우승했다. 그런데 오늘 불안한 그림자가 레드삭스를 덮고 있었다.

레드삭스는 같은 동부지구의 양키스와 1년에 20여 경기를 해야 한다. 5일 간격으로 등판한다면 4경기를 삼열과 부딪혀야 한다.

물론 3경기가 될 수도 있고 5경기가 될 수도 있다. 어쨌든 마주칠 때마다 100마일의 무시무시한 공을 상대해야 한다는 것은 정말 골치가 아픈 일이다.

삼열은 회심의 미소를 지었다. 자신이 등판한다고 해서 꼭 승리한다는 보장은 없다. 하지만 한결같은 그의 신체적인 능력은 꾸준한 실력을 발휘하도록 만들었다.

물론 그의 엄청난 노력도 동반되기는 하였지만 이 모든 것이 미카엘이 준 특이한 신체적 능력 덕분인 것은 두말할 필요가 없다.

삼열은 마운드로 천천히 걸어갔다. 어떻게 하면 더 멋있고 재미있게 보일 수 있을까 생각하면서. 양키스는 6회 말에 바뀐 투수를 상대하여 1점을 더 얻어 4 : 0이 되었다.

'이제 니들은 완전히 죽었어.'

삼열은 몸을 풀고 거만한 표정으로 마운드에서 비딱하게 고개를 세우고 바라보다가 타자가 타석에 들어서자마자 공을 던졌다.

펑.

"스트라이크."

제이슨 에스트라스는 3번째 타석에 들어섰지만 여전히 삼열의 공에 적응하지 못했다.

시간이 갈수록 상대 투수의 공은 위력적으로 변해갔다. 특히 간간이 날아오는 스크루볼은 너무나 위력적이었다. 왜 마구라고 하는지 분명히 이해할 수 있을 정도로 날카롭고 까다로운 공이었다.

왜 칼 허벨이 자신의 왼손을 희생하면서까지 던졌던 공인지 이해가 되었다.

'하아~'

에스트라스는 타석에 들어서면서도 속으로 한숨을 내쉬었다. 이런 투수의 공은 실투가 아니면 칠 수가 없다. 힘이 쭉 빠졌다. 하지만 그는 퍼펙트게임을 당하지 않기 위해 자신이 안타를 쳐야 함을 알았다. 같은 선수에게 치욕적인 퍼펙트게임을 두 번이나 당할 수 없었다.

에스트라스는 힘껏 배트를 휘둘렀다. 공이 배트의 위에 맞으며 내야 뜬공이 되었다. 3루수 조지 디온이 재빨리 뛰어와 공을 잡았다.

삼열은 공을 던지고 던졌다.

레드삭스의 타자들은 그의 공 앞에서 수수깡처럼 힘이 없었다. 배트를 휘둘러도 중심에 맞지 않은 공은 터무니없게 높이 뜨거나 땅볼이 되어 아웃이 되었다. 배트를 휘두르지 않으면 3구 삼진을 당하니 어쨌든 휘둘러야 했다.

바비 슐츠 감독은 해바라기 씨를 뱉었다. 입이 너무 썼다.

레드삭스는 8회 초에 간신히 하나 친 것이 유일한 안타였다. 레드삭스로서는 퍼펙트게임을 당하지 않은 것이 천만다행이었다. 하지만 삼열에게 혹독하게 당했다.

삼열은 경기가 끝나자 마운드에서 두 손을 번쩍 들었다.

승리다. 양키스에서 이룬 첫 번째 승리.

양키스의 관중들이 모두 일어나 박수를 쳤다. 비록 퍼펙트 게임은 깨어졌지만 아름다운 경기였다. 삼열은 그 어떤 투수보다 더 아름답게 공을 던졌고 가장 강력한 공으로 레드삭스를 초토화시켰다. 양키스의 팬들은 삼열의 투구에 매료되었다.

삼열은 두 손을 들고 외쳤다.

"파워 업!"

삼열을 따라 외치는 팬들에 의해 양키스타디움이 파워 업 소리로 가득했다.

삼열은 승리의 감격이 척추를 타고 올라오자 뜨거운 여름에 운동장을 달렸던 대광고의 선수들의 얼굴이 생각났다.

그때는 그들이 마냥 부러웠었다. 그들처럼 달리고 싶었다. 그런데 이제는 메이저리그의 정복자가 되어 승리의 기쁨을 누린다.

포기하지 않으면, 그리고 간절히 소원하면 얻을 것이다. 믿음은 사람들의 인생을 바꿔줄 것이다. 그리고 우리는 행복해질 것이다.

삼열은 관중석에 있는 마리아와 자신의 딸과 어린 아들을 향해 환하게 웃었다.

메이저리그의 정복자, 강삼열은 두 손을 번쩍 들고 외쳤다.

"파워 업!"

행복을 위해 노력하는 자의 외침이 양키스타디움에 스며들었다.

『MLB—메이저리그』14권에 계속…

초대형 24시 만화방

신간 100%, 샤워실, 흡연실, 수면실(침대석), 커플석, 세탁기 완비

▪ 강북 노원역점 ▪

서울 노원구 상계동 340-6 노원역 1번 출구 앞 3층
02) 951-8324 (화용빌딩 3층)

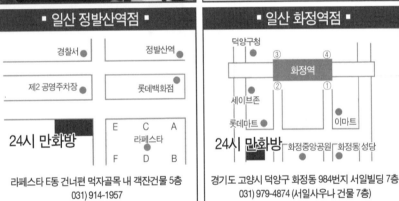

▪ 일산 정발산역점 ▪

라페스타 E동 건너편 먹자골목 내 객잔건물 5층
031) 914-1957

▪ 일산 화정역점 ▪

경기도 고양시 덕양구 화정동 984번지 서일빌딩 7층
031) 979-4874 (서일사우나 건물 7층)

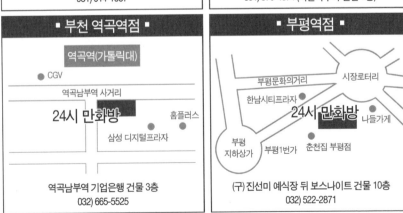

▪ 부천 역곡역점 ▪

역곡남부역 기업은행 건물 3층
032) 665-5525

▪ 부평역점 ▪

(구) 진선미 예식장 뒤 보스나이트 건물 10층
032) 522-2871

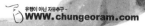

이계진입 리로디드

임경배 퓨전 판타지 소설

FUSION FANTASTIC STORY

『권왕전생』임경배의 2015년 신작!

『이계진입 리로디드』

왕의 심장이 불타 사라질 때,
현세의 운명을 초월한 존재가 이 땅에 강림하리라!

폭군으로부터 이세계를 구원한 지구인 소년 성시한.
부와 명예, 아름다운 연인…
해피엔딩으로 이야기는 끝인 줄 알았건만
그 대가는 지구로의 무참한 추방이었다.
그리고 10년 후……

"내가 돌아왔다! 이 개자식들아!"

한 번 세상을 구한 영웅의 이계 '재' 진입 이야기!

Book Publishing CHUNGEORAM

유행이 아닌 자유추구 -
WWW.chungeoram.com

월야환담

채월야 · 홍정훈 장편 소설

"미친 달의 세계에 온 것을 환영한다!"

서울을 중심으로 펼쳐지는 뱀파이어, 그리고 뱀파이어 사냥꾼들의 이야기!
한국형 판타지의 신화, 월야환담 시리즈 애장판
그 첫 번째 채월야!

박선우 장편소설
FUSION FANTASTIC STORY
멋진 인생
Wonderful Life
태어나며 손에 쥔 것이라고는 가난뿐.
그러나 내게는 온몸을 불사를 열정과
목숨처럼 소중한 사랑이 있었다.
『멋진 인생』
모두가 우러러보는 최고의 직장이자 가장 치열한 전쟁터,
천하그룹!
승진에 삶을 바친 야수들의 세계에서 우뚝 서게 되는
박강호의 치열하지만 낭만적인 이야기!
Book Publishing CHUNGEORAM
WWW.chungeoram.com

강준현 장편소설
FUSION FANTASTIC STORY

인생을 바꿔라

『복수의 길』, 『개척자』 강준현 작가의
2016년 신작!

자신이 무엇인지 알지 못하는 정신체, 염.
세상을 떠돌며 사람의 몸속으로 들어가
에너지를 얻고 나오길 반복하던 어느 날.

사고로 인한 하반신 마비, 애인의 이별 선언,
삶에 지쳐 자살하려는 김철의 몸에 들어가게 되는데……

"뭐, 뭐야! 아직도 못 벗어났단 말이야?"

새로운 삶을 살리라,
정처 없이 떠돌던 그의 인생 개척이 시작된다!

"어떤 삶인지 궁금하다고? 그럼 한번 따라와 봐."

Book Publishing CHUNGEORAM

유행이 아닌 자유추구 -
WWW.chungeoram.com

궁극의 쉐프

가프 장편소설

FUSION FANTASTIC STORY

태초의 우물에서 찾은 사막의 기적.
사람의 식성과 식욕을 색으로 읽어내는 능력은
요리의 차원을 한 단계 드높인다.

『궁극의 쉐프』

요리란!
접시 위에 자신의 모든 것을 담아내는 것.

쉐프란!
그 요리에 자신의 가치를 증명하는 사람.

"요리 하나로 사람의 운명도 좌우할 수 있습니다."

혀를 위한 요리가 아닌, 마음을 돌보는 요리를 꿈꾸는
궁극의 쉐프 손장태의 여정이 시작된다!

Book Publishing CHUNGEORAM

유행이 아닌 자유추구 -
WWW.chungeoram.com

철순 장편소설
FUSION FANTASTIC STORY

괴물 포식자

지구 곳곳에 나타난 차원의 균열.
그것은 인류에게 종말을 고하는 신호탄이었다.

『괴물 포식자』

괴물을 먹어치우며 성장한 지구 최강의 사내, 신혁돈.
그는 자신의 힘을 두려워한 인류에 의해
인류의 배신자라는 낙인이 찍히고 죽게 되는데…

[잠식이 100%에 달했습니다.]
[히든 피스! 잠들어 있던 피닉스의 심장이 깨어납니다.]

불사의 괴물, 피닉스의 심장은
신혁돈을 15년 전으로 회귀하게 한다.

먹어라! 그리고 강해져라!
괴물 포식자 신혁돈의 전설이 시작된다!

Book Publishing CHUNGEORAM

- 유행이 아닌 자유추구 -
WWW.chungeoram.com